Make love, not war!

© **2019 Robert Müller**
Neuauflage

Verlag und Druck:
tredition GmbH, **Halenreie 40-44, 22359** Hamburg

ISBN 978-3-7497-7760-0 (Paperback)
ISBN 978-3-7497-7761-7 (Hardcover)
ISBN 978-3-7497-7762-4 (e-Book)

Bibliografische Information der Deutschen Nationalbibliothek:
Die Deutsche Nationalbibliothek verzeichnet diese Publikation in der Deutschen Nationalbibliografie; detaillierte bibliografische Daten sind im Internet über http://dnb.d-nb.de abrufbar

# Robert Müller

# (Pf)Affenliebe

## Verbotene Liebe:
## Vom Segen in die Taufe

### Ein #MeToo-Roman

**Ein gesellschaftskritischer Roman über menschliche Süchte und Leidenschaften, über Intrigen und kriminelle Machenschaften an einem nicht erst durch #MeToo aktuellen Thema.**

Ich danke meiner Frau
für die gewohnt gewissenhafte Korrektur
und die Unterstützung und Zeit,
dieses Werk verfassen zu können.

Text und Grafik: R. v. M.
Eigenverlag, Wien 2018
Alle Rechte vorbehalten
Kontakt und Bestellwunsch siehe letzte Seite sowie
**www.buecher-rvm.at**

# Vorwort

Täglich verbreiten die Boulevard-Medien Vorwürfe wegen (angeblicher) sexueller Übergriffe, quer durch alle Institutionen. Befeuert wurden diese Vorwürfe durch die #MeToo-Bewegung. Deren Bekenntnisse und Anschuldigungen gewähren einen unerfreulichen Einblick in unsere Gesellschaft. Sie waren der Geburtshelfer für diese (inzwischen – siehe S. 208 – auf fünf Bände angewachsenen) Reihe gesellschaftskritischer Sex&Crime-Romane, die sich jeweils anderen Schwerpunkten des #IchAuch, widmen.

Band 1 geißelt anhand einer schockierenden Gruppenvergewaltigung die rücksichtslose sexuelle Gier in der ‚honorigen' Nadelstreifgesellschaft.

Band 2 hinterfragt sehr gefühlsbetont am Lebensabend eines alten Mannes das Phänomen sozialer wie sexueller Belästigung als innerfamiliäres #Me-Too-Erlebnis.

Dieser dritte Band widmet sich nun dem Verhältnis von Kirche und Staat zu Sex, Ehe und Kindersegen, angelehnt an ein Klischee, das – vielfach ohne jeden intellektuellen Anspruch – in derben Schwänken schon oft Theaterluft schnupperte.

Viel Vergnügen beim Lesen und darüber Nachdenken!

R. v. M.

# Kap_1 Paula

Paula hatte sich schon den ganzen Tag auf den heutigen Abend gefreut. Das hatte sie die mühsame Arbeit des Erdbeerbrockens weniger mühsam erscheinen lassen. Ja, Erdbeeren, oder Ananas – wie manche fälschlich sagten, obwohl das die Verwechslung mit einer ganz anderen exotischen Bodenfrucht zuließ – mussten noch von Hand geerntet werden. Ebenso der gerade jetzt Ende Mai besonders gut gedeihende grüne Salat ‚Maikönig'.

Das war eine der wenigen Möglichkeiten, wie man auch als Kleinhäusler wirtschaftlich überleben konnte. Mit dem Welthandelspreis für großflächig angebaute Ackerfrüchte wie Getreide, Raps, Zuckerrüben konnte sie nicht mithalten. Gegen diese großindustriell organisierte Konkurrenz hatte sie keine Chance. Wie hätte sie jemals den Maschinenpark sich zulegen oder gar effizient nützen sollen? Wie einige Kollegen, die mit ihren Mähdreschern als Lohnarbeiter werkten? Nein. Dafür hatte sie weder das Geld noch das technische Know-How.

Ihr Mann Heinz hatte es auch nicht, hatte es nie gehabt und würde es auch nicht mehr kriegen. Zunehmend von ihrer immer schwierigeren wirtschaftlichen Situation mit gerade Mal zwei Hektar Land für Gemüse- und Blumenanbau, ein wenig Geflügelhaltung und Bienenzucht desillusioniert, hatte er sich immer mehr dem Suff ergeben. Nicht, dass er nicht auch schon früher dann und wann ein wenig – falsch: ganz deutlich – zu viel getrunken hätte. Aber jetzt war er fast dauernd vollfett, wie der Volksmund so sagt. Von ihm war daher keine Hilfe zu erwarten.

Von ihren beiden Kindern, Egon und Erich, auch nicht. Die waren schon außer Haus und standen im Berufsleben. Egon hatte Tischler gelernt, Erich den Beruf des Schlossers.

Nur bei sehr lauten Hilfeschreien ihrerseits kamen sie an einem Wochenende, um ihrer Mutter bei der Arbeit zu helfen. Da sie aber fast nie laut um Hilfe rief, außer die Arbeit war wirklich unaufschiebbar dringend, kamen sie auch fast nie. Beide hatten schon selber eine Familie und daher weiß Gott selbst genug zu tun.

Dennoch war Paula zufrieden, was aus ihren beiden Söhnen geworden war. Zwei anständige, arbeitsame Männer mit Familie. Denn immerhin, aber das wusste nur ihre beste Freundin Agnes, waren beide von Heinz im Suff gezeugt worden. Nicht einmal Heinz war sich dessen bewusste, da er ja bei ihrer nicht ganz gewaltfreien Begattung stockbesoffen war. Dass er sein bestes Stück damals dennoch hoch und zur Entladung gebrachte hatte, war ja schon ein Wunder.

Das wahre Wunder war, dass ihre Kinder dennoch nicht zu Rauschkegeln wurden, wie der Volksmund solche Kinder herablassend nennt. Nein, sie waren wohlgeraten, indem sie mehr ihr als dem Vater nachgeraten waren. Gott sei Dank.

Jeden Tag dankte sie dem Herrgott dafür. Jeden Tag ging sie dazu in die Kirche, goss die Blumen am Altar oder erneuerte sie mit Blumen aus ihrem eigenen Garten, falls das nötig war. Der junge Pfarrer, den sie seit kurzer Zeit hatten, dankte es ihr jedes Mal mit einem freundlichen Händedruck, manchmal auch mit ein paar Münzen.

Obwohl dieses Bakschisch kaum der Rede wert war, empfand sie Dankbarkeit. Denn sie musste wirklich jede Münze dreimal umdrehen, bevor sie sie ausgeben konnte.

Heinz ließ sie von diesen Gaben nichts wissen und gab ihm auch nichts ab. Der würde das Geld sofort in Alkohol umsetzen. Wenn er das mit seiner eigenen kleinen Frührente tat, war es schon schlimm genug. Aber wie sollte sie das verhindern? Ihm seine Geldbörse wegnehmen? Das hätte ihr nicht gut bekommen. Heinz wurde zum Berserker, wenn man ihm seinen Alkohol vorenthielt, oder noch schlimmer, wegnahm. Nein, das wagte Paula nicht.

Sie fügte sich in ihr Schicksal mit der ihr eigenen Duldsamkeit und Gläubigkeit. Die Last, die mir der Herr aufgeschultert hat, muss ich eben tragen, sagte sie sich immer wieder. Dieses Leben ist mein Kreuzweg, von dem mich Gott irgendwann erlösen und in eine schönere Welt holen wird. Aber das liegt in seinem gütigen Ermessen.

## Kap_2 Agnes

Gegen 18 Uhr kam ihre beste Freundin Agnes, um Paula zur Maiandacht abzuholen. Der neue Pfarrer hatte die Andacht, die der alte Pfarrer nicht mehr halten wollte oder altersbedingt halten konnte, wieder neu belebt.

Jedenfalls bei den Frauen. Denn Männer sah man dort praktisch nie. Denen war die ewige ‚Gegrüßet seist du Maria'-Litanei offenbar zu langweilig.

Agnes war im gleichen Alter wie Paula, nämlich knapp 50 Jahre alt. Deswegen hatten sie auch gemeinsam die Schulbank gedrückt und waren seit Kindertagen dickste Freundinnen.

Während Paula durch die schwere Arbeit und das Kreuz, das sie trug, älter und erst auf den zweiten Blick als noch immer attraktive Frau wirkte, war Agnes eine auf den ersten Blick begehrenswerte Frau. Sie wusste darum und tat auch viel dafür.

Niemals wäre sie so ärmlich und unvorteilhaft angezogen wie Paula zur Kirche gegangen, wie es diese immer wieder tat. Nein. Sie hatte immer ein fesches Dirndl mit einem tiefen Dekolleté an, das einen mehr als deutlichen Vorgeschmack darauf gab, was Wunderbares sich hinter den Spitzen noch versteckte.

Paula hingegen ging hochgeschlossen und gab nicht preis, dass sie über einen noch immer sehr attraktiven Körper verfügte. Wozu auch, fragte sie sich, weil ja Heinz an diesen optischen Reizen sehr viel weniger Interesse hatte als an den hochprozentigen.

„Hallo, Paula", rief Agnes im Näherkommen. „Es ist höchste Zeit, mit dem Ernten der Erdbeeren aufzuhören. Unsere Maiandacht beginnt in wenigen Minuten."

„Ich weiß", antwortete Paula. „Ich wollte unbedingt die eine Steige noch voll kriegen. Die Gottesmutter Maria wird meine Gebete auch erhören, wenn ich mich nicht mehr umziehen kann und in meiner Arbeitskluft zu ihr komme."

„Wie du meinst", gab sich Agnes geschlagen. Dabei war es ihr gar nicht so unrecht. Denn erstens musste sie so nicht darauf warten, bis Paula sich umgezogen hatte. Und zweitens wollte sie den Blick des feschen jungen Pfarrers mehr auf sich gerichtet wissen als auf Paula. Dass der gerade deswegen mehr auf Paula schauen würde, konnte sie nicht ahnen.

Paula hatte inzwischen die Obststeige in den kühlen Schatten gestellt und sich am Brunnen die Hände und das Gesicht gewaschen.

„So, ich bin fertig. Wir können gehen."

Ohne sich von Heinz zu verabschieden, der das in seinem Delirium ohnehin nicht mitkriegen würde, öffnete sie das Gatter, um es gleich hinter sich wieder sorgfältig zu schließen. Ihre Hühner, die bei ihr frei im Garten herumliefen, sollten schließlich drinnen bleiben.

„Brauchst du vielleicht ein paar Eier, Agnes?", fragte Paula.

„Nein, mein Lebensgefährte Fritz hat mir welche aus dem Supermarkt mitgebracht. So wie deine aus Bodenhaltung."

Blödsinn, dachte sich Paula bitter. Meine Hühner leben viel besser und gesünder als Hühner in der Bodenhaltung. Der Platz, der Hühnern bei dieser Haltungsart per Gesetz zusteht – bis zu 9 Hühner dürfen sich auf einem einzigen Quadratmeter tummeln – ist ein Bruchteil von dem, was meine frei im Garten herum laufenden Hühner zur Verfügung haben. Darüber hinaus keine Hormone, keine vorbeugenden Antibiotika. Und auch das Futter ist ganz anders – völlig bio. Kein genmanipulierter Mais. Dazu jede Menge Grünfutter, Insekten und Regenwürmer und die Schalen der von mir verwendeten Eier. Aber was hilft das. Agnes Lebensgefährte ist auch einer von den Schnöseln, die trotz akademischer Bildung den Unterschied nicht kennen – oder kennen wollen. Aber rechnen können sie: Denn bei mir kosten 10 Eier 2 Euro, im Supermarkt aber nur 1,69 Euro. Ein lächerlich kleiner Mehrpreis für ein deutlich besseres Produkt.

Dass Agnes trotzdem immer wieder ihren Lebensgefährten Eier-aus-Bodenhaltung statt ihrer Voll-Bio-Eier kaufen lässt, verzieh Paula ihrer besten

Freundin immer weniger. Immerhin wusste Agnes um Paulas miserable finanzielle Lage Bescheid.

Nach wenigen Minuten waren die beiden in der Kirche angekommen, wo der Pfarrer sie ebenso wie die spärlichen anderen Besucherinnen am Tor empfing.

„Es ist schön, Paula, dass Sie trotz der vielen Arbeit, die Sie ersichtlich haben, dennoch Zeit finden zu unserer Maiandacht zu kommen."

Agnes war wütend. Allen anderen Frauen, auch ihr, hatte er nur die Hand geschüttelt, aber nichts Freundliches zu ihnen gesagt. Das nächste Mal komme ich auch so abgerissen. Vielleicht nimmt er dann mich mehr wahr als Paula.

## Kap_3 Chorprobe

Nach der Maiandacht gingen einige Frauen nach Hause, andere, unter ihnen Paula und Agnes, nicht. Denn heute, wie an jedem Dienstag um 18:30 Uhr, probte der Kirchenchor. Ein reiner Frauenchor, sieht man vom Pfarrer als dessen Leiter ab. Der war über das Fehlen von Männerstimmen nicht sehr glücklich, aber das sei das Los der Kirche seit Anbeginn, sagte er immer wieder. Ohne die Frauen gäbe es keine Kirche.

Als einige Frauen das näher ausgeführt hören wollten, blockte er das mit dem Hinweis ab, dass man das gerne im Rahmen einer Veranstaltung des Kirchengemeinderates diskutieren könne.

Allen war klar, dass er damit nur einige Frauen dorthin locken wolle, da er zuletzt händeringend nach Pfarrgemeinderäten für die Kirche gesucht hatte. Paula war zunächst die einzige, die Interesse gezeigt hatte. Nach einigem Zögern hatte sich dann auch Agnes gemeldet.

Wie immer begann man mit den üblichen Stimm- und Atemübungen: Ha-ha-ha-ha-ha, he-he-he-he-he, hi-hi-hi-hi-hi, …hallte es vom Chor-Balkon durch das große, dunkle Kirchenschiff. Der Pfarrer meinte, dass man dort üben solle, wo man fast jeden Sonntag auftritt. Also hier in der Kirche, nicht so wie früher im Pfarrsaal. Jeder Raum hat seine eigene, charakteristische Akustik, und an die müsse sich der Chor eben gewöhnen.

Zudem stand dort die Orgel, sodass die Kommunikation mit dem Organisten ganz einfach und direkt war. Heute brauchte der Pfarrer ihn aber nicht. Heute stand a-cappela Gesang auf dem Programm.

„Liebe Frauen meiner Gemeinde", beschloss der Pfarrer die heutige Probe: „Heute Vormittag hat sich ein Brautpaar bei mir zur kirchlichen Trauung angemeldet. Ich habe ihnen gesagt, dass der Eheunterricht aus vier Besprechungen besteht, die im Wochentakt abgehalten werden. Zudem sollte eine Aushangsfrist gewahrt werden. Demgemäß habe ich mit den Brautleuten einen Termin frühestens

Anfang August ins Auge gefasst, aber noch nicht fixiert. Schließlich ist ja auch noch die Tafel zu organisieren. Um diese Zeit, wo sehr viele heiraten, ist es oft gar nicht so einfach einen würdevollen und gleichzeitig erschwinglichen Ort und Rahmen für die Hochzeitstafel zu finden."

Warum erzählt er uns das, fragte sich Paula? Bei Hochzeiten singen wir immer unser Standardprogramm. Das war schon unter dem alten Pfarrer so und wird wohl auch so bleiben. Sie sollte gleich eine Antwort auf ihre Frage erhalten.

„Die Brautleute haben sich aber ausbedungen, nicht die ewig gleichen Lieder singen oder hören zu müssen. Sie wollen ihre Hochzeit zu einer besonderen machen. Hier", der Pfarrer schwenkte ein Notenblatt, „steht drauf, was sie zum Zeitpunkt des Ringtausches hören wollen. Es ist etwas Neues, ein Stück, das wahrscheinlich keine von euch kennt. Wir haben es jedenfalls noch nicht gesungen."

Auf den Gesichtern der Frauen war Unsicherheit zu erkennen.

„Und", fuhr er fort, „das Musikstück enthält einen Soloteil – für eine Frauenstimme. Ich selbst kann das also nicht singen. Ich brauche eine Freiwillige aus euren Reihen. Wer traut sich, na?"

Die Unsicherheit verdichtete sich zu dunklen Wolken in den Gesichtern der Frauen und entlud sich in zu Boden gesenkten Blicken.

„Niemand? Wirklich niemand?", fragte der Pfarrer nochmals, sichtlich enttäuscht. „Selbst wenn Ihr falsch singen oder einsetzen solltet: Niemand kann von unten sehen, wer hier gepatzt hat – außer Ihr verpetzt eure Kollegin, was Ihr als ordentliche Christenmenschen wohl nicht tut. Also. Nur Mut!"

Paula nahm all ihren Mut zusammen und hob die Hand. Der Pfarrer sah sie nicht gleich, weil sie, wie üblich, in der zweiten Reihe stand. Nicht, weil sie eine schlechte Stimme hatte. Paula hatte eine der schönsten im Chor. Sondern weil sie, anders als ihr Vorname vermuten ließe, nicht kleinwüchsig war und daher in der zweiten Reihe stehen musste.

Endlich sah sie der Pfarrer: „Wunderbar. Ich bin gerettet. Bitte Paula, bleiben Sie noch ein wenig hier. Ihr anderen könnt gehen. Gott sei mit euch."

## Kap_4 Besprechung

Kaum waren die anderen Frauen verschwunden, ergriff der Pfarrer ihre Hand und drückte sie voller Freude. „Ich bin Ihnen so dankbar, liebe Paula. Es ist meine erste Hochzeit hier in dieser Kirche. Die muss einfach schön werden. Hier – ich gebe Ihnen das Notenblatt mit, damit Sie es zu Hause studieren können."

Paula warf nur einen kurzen Blick auf das Notenblatt und meinte: „Das wird nicht gehen."

„Warum?", fragte der Pfarrer irritiert. „Zu schwer? Oder nicht Ihre Stimmlage? Vielleicht kann es der Organist transponieren?"

„Nicht nötig", antwortete Paula. „Es reicht, wenn mir der Organist die Melodie ein paar Mal vorspielt. Ich kann nämlich nicht Noten lesen."

„Aber Sie sind eine der Besten im Chor, wie ich inzwischen weiß. Eine wunderbare Stimme und ein wunderbares Gehör, fast absolut. Sie halten Ihre Stimme, selbst wenn Ihre Nachbarinnen, bedingt durch deren Aufregung bei der Aufführung, zu steigen beginnen. Wie machen Sie das alles, wenn Sie gar nicht Noten lesen können?"

„Sie haben es schon gesagt, Herr Pfarrer. Ich habe ein sehr gutes Gehör. Ich habe bisher alle unsere Stücke allein durch Zuhören gelernt. Wenn Sie also wirklich wollen, dass ich das singe, dann müssen es der Organist oder Sie mir vorspielen, und zwar einige Male, bis ich es mir gemerkt habe."

Man sah, wie der Pfarrer nachdachte. Offenbar hatte er plötzlich eine Idee. „Kommen Sie bitte mit, Paula."

Er eilte die Treppe vom Balkon hinunter, durch die Sakristei und dann durch einen kurzen Gang direkt ins Pfarrhaus bis in sein Wohnzimmer. Paula immer hinter ihm.

Agnes, die draußen auf Paula gewartet hatte, sah das und konnte sich darauf keinen Reim machen.

Als Paula aber nach weiteren fünf Minuten noch immer nicht herauskam, pfiff sie kurz durch die Zähne und brach das Warten ab.

Inzwischen hatte der Pfarrer seinen Computer eingeschaltet.

„Was soll das werden?", fragte Paula erstaunt.

„Sie wissen wohl, Paula, dass ich nicht Orgelspielen kann. Sonst hätte ich das Stück auf diesem Notenblatt gleich in der Kirche Ihnen vorgespielt. Das Gerät hier wird uns beiden aus der Patsche helfen."

„Wie soll das gehen? Kann der Computer vielleicht gar meinen Part vorsingen?", gab sich Paula zweifelnd.

„Ja, der kann das. Ich habe hier ein Programm installiert, das ein im Notenbild vorliegendes Stück vorspielen kann."

„Allerhand, was es heute alles gibt", zeigte sich Paula überrascht.

„Das Notenblatt, das ich Ihnen gab, ist übrigens hier im Computer schon gespeichert. Denn ich erhielt es per E-Mail vom Brautpaar zugeschickt. Daher brauche ich es nur mehr in das Programm laden – und gleich werden wir das Stück hören."

Tatsächlich spielte der Computer Sekunden später das Stück ab.

„Bitte nochmals", bat Paula. „Ich muss es mir einprägen."

„Und wie oft möchten Sie es hören?", fragte der Pfarrer.

„So oft es geht", war Paulas Antwort.

„Dann werde ich es Ihnen als mp3-File abspeichern und Sie können es zu Hause anhören, so oft Sie wollen."

Paula sah verwirrt aus. „Was ist ein mp3-File? Wie soll ich mir das anhören?"

Jetzt war der Pfarrer sichtlich verwirrt. „Nun eine Datei, die so ähnlich wie früher die Schallplatten die Musik enthält. Das File laden Sie in Ihren Computer. Anders als jetzt direkt vom Notenblatt, wofür man spezielle Programme benötigt, kann jeder moderne Computer mp3-Dateien abspielen."

„ … ich habe keinen Computer. Was soll ich damit. Ich kenne mich damit nicht aus. Ich habe nur eine achtklassige Volksschule hinter mir", unterbrach ihn Paula.

„Dann laden Sie es halt in Ihr Handy. Auch das kann mp3-Files abspielen."

„ … ich hab auch kein Handy", warf Paula ein.

„Dann also in Ihrer Musikanlage."

„… ich habe auch keine Musikanlage, sondern nur ein uraltes Radiogerät. Das reicht, um mir die Nachrichten und einige interessante Diskussionssendungen anzuhören oder um mich im Garten bei der Arbeit mit Musik berieseln zu lassen."

„Haben Sie auch keinen Fernseher?", zeigte sich der Pfarrer zunehmend überrascht, ja bestürzt.

„Nein, auch den nicht. Ich käme vor lauter Arbeit sowieso nicht dazu, mir etwas anzuschauen."

„Und Ihr Mann. Will der sich nichts anschauen? Zum Beispiel Fußball."

„Nein. Der ist meist zu betrunken, um sich überhaupt etwas anschauen zu können. Und wenn doch, dann geht er zum Wirt. Dort gibt es einen Fernsehapparat."

Der Pfarrer war von den Socken, dass es das noch heute mitten unter ihnen gibt; einen Menschen fast auf medialem Steinzeitniveau. Man sah, wie er angestrengt nachdachte und unschlüssig den Kopf wiegte, bis er sich zu einem Entschluss und einer Antwort durchgerungen hatte.

## Kap_5 Heimliche Proben

„Ich werde dieses File nun verwenden, um für Sie eine Audio-CD zu brennen."

Paula verschwieg diesmal beschämt ihr Unwissen, was eine Audio-CD ist. Woher hätte sie es auch wissen sollen? Sie sah mangels Fernsehapparat keine Werbung im Fernsehen, las keine Zeitung, auch nicht im Wirtshaus, weil sie dort aus Kostengründen nicht hinging. Sagen wir besser, nicht einkehrte. Denn manchmal ging sie hin – um ihren Heinz zu suchen und heimzuholen. Ein eigenes Zeitungs-Abonnement konnte sie sich schon gar nicht leisten und die Gratiszeitung gab es nur in der Stadt. Aber auch dorthin kam sie aufgrund der miserablen Anbindung an das öffentliche Verkehrsnetz und mangels eigenem Fahrzeug, sieht man von einem Leiterwagen und einem Fahrrad ab, praktisch nie. 35 km hin und dann auch wieder zurück hielten sie von Rad-Besuchen in der Stadt ab – außer sie musste einmal zu Fachärzten oder gar ins Krankenhaus. Zum Glück war das in den letzten Jahren nie der Fall gewesen.

„Setzen Sie sich her zu mir. Das wird nämlich ein paar Minuten dauern. Ich zeige Ihnen dann, wo meine Musikanlage ist und wie Sie diese bedienen. Sie haben ja keine."

Paula fiel ein Stein vom Herzen. Sie musste ihr Unwissen diesmal nicht preisgeben. Ja, über den Erdbeer- und Gemüseanbau, die Hühnerhaltung und Bienenzucht wusste sie wohl mehr als jeder und jede Andere hier im Ort. Aber mit der modernen Technik hatte sie nichts am Hut.

Endlich war es soweit. Die fertige CD wurde vom Computer automatisch auf einer Art Schlitten nach außen gefahren, jedenfalls ein kleines Stück weit. Der Pfarrer zog den Schlitten ganz heraus und nahm die CD vorsichtig im Mittelloch und am Rand.

„Dass Sie mir das ja auch so tun", schärfte er Paula ein. „Schmutzige Finger hinterlassen schnell Spuren auf der Oberfläche der CD. Und wenn diese nicht mehr schön glänzt, kann die Musikanlage die Daten auf dieser CD nicht mehr lesen."

„Ist das so wie früher mit den Schallplatten? Waren die erst einmal zerkratzt, war es auch vorbei mit dem Abspielen", wollte Paula beweisen, dass sie sich früher, in ihrer frühen Kindheit, sehr wohl mit der damaligen Technik ausgekannt hatte. Aber das war lange her.

„So ähnlich", sagte der Pfarrer. Sollte er ihr, einer Frau fern jeder Technik, den Unterschied zwischen analog und digital erklären, ihr sagen, dass die CD von innen nach außen statt wie eine Schallplatte von außen nach innen abgetastet wird, dass kleine Kratzer bis zu mehreren Millimetern Länge einer CD im Allgemeinen wegen des hochredundanten, selbstkorrigierenden Cross Interleaved Reed-Solomon-Code nichts anhaben können, dass großflächige Schmutzflecken viel gefährlicher waren? Nein, das würde ihr nicht weiterhelfen. Was sie brauchte, war eine praktische Anleitung, wie man die Musikanlage einschaltet, die CD einlegt, die Lautstärke variiert, die CD auswirft und das Musikcenter wieder abdreht.

„Kommen Sie her zu mir, bitte etwas näher. Ich beiße nicht. Ich zeige Ihnen nun die fünf Schritte, die Sie stets abzuarbeiten haben."

Dann demonstrierte der Pfarre das Prozedere ganz langsam und einprägsam.

„Und jetzt bitte Sie, Paula!"

Paula legte das erste Mal in ihrem Leben eine CD ein und war begeistert, als plötzlich dieses wunderbare Stück erklang.

„Darf ich nochmal?", fragte sie wie ein kleines Kind nach der ersten Runde am Ringelspiel.

„Bitte, bedienen Sie sich."

Und Paula bedient sich, noch und noch.

Der Pfarrer überlegte, ob er ihr sagen sollte, dass man die CD gar nicht jedes Mal herausnehmen und wieder einlegen müsse, wenn man sie noch einmal abspielen will. Aber er entschied sich angesichts der vielen Knöpfe, Taster und Schalter auf seiner Musikanlage, sie besser nicht in deren Bedeutung einzuführen. Sicher ist sicher.

Stattdessen sagte er: „Sie dürfen kommen so oft sie wollen, um sich hier das Musikstück anzuhören. Die Tür zur Sakristei ist meistens offen. Dorthin können Sie ja, weil Sie einen Schlüssel zur Kirche haben, um den Blumenschmuck pflegen zu können. Aber", setzte er leise hinzu, „bitte kein Wort zu den anderen. Das könnte Sie und mich in ein schiefes Licht rücken."

Paula sah das ebenso und sagte zu. Sie wollte sich erst gar nicht vorstellen, wie ihr ewig betrunkener und zu Gewalttätigkeit neigender Mann reagieren würde, wüsste er um ihre heimlichen Besuche beim Pfarrer Bescheid. Immerhin war der Pfarrer ein junger und fescher Mann zwischen 30 und 35 Jahren.

## Kap_6 Beobachtet

Paula nütze das Angebot des Pfarrers weidlich aus, mehrmals täglich. Zum einen, um das Musikstück gründlich zu lernen. Sie wollte sich nicht blamieren. Und so sang sie dort manchmal so lauthals dazu, dass sich viele Besucher in der Kirche fragten, woher der schöne Gesang käme. Nirgends war jemand zu sehen, auch nicht am Balkon. Muss wohl eine CD sein, die hier abgespielt wird, sagten sie sich.

Agnes, die in letzter Zeit zunehmend öfter in die tagsüber stets offene Kirche kam, wusste es natürlich besser als zufällige Besucher. Hier probte Paula. Sie kannte Paulas Stimme nur zu gut und konnte zuordnen, dass der Klang aus Richtung der Sakristei kam.

Seit ihrer Beobachtung vor wenigen Tagen war sie misstrauisch geworden gegenüber Paula und dem Pfarrer. Man könnte auch sagen, auf Paula eifersüchtig. Ihr Vorname Agnes entsprach nämlich nicht ihrem Charakter. Von Demut war da nichts zu merken. Daher fragte sie sich immer öfter, warum der Pfarrer gerade die unscheinbare Paula für die

Solostelle ausgewählt hatte? Er hätte auch mich fragen können! Ja, stimmt: Ich habe damals nicht aufgezeigt. Aber muss ich mich aufdrängen? Ich bin es gewohnt, gebeten zu werden! Immerhin habe ich einen mindestens ebenso schönen Sopran wie Paula.

Im Zuge der vermehrten Kirchenbesuche hörte Agnes dann immer öfter auch Musik aus Richtung der Sakristei kommen, die mit dem zu erlernenden Musikstück nichts zu tun hatte. Auch nicht mit Kirchenmusik im weiteren Sinn. Zuerst war es Jazz, dann waren es Schlager, die die Ohren der überraschten Kirchenbesucher erreichten.

Zuletzt vernahm Agnes fast nur noch Tanzmusik aller Art aus der Sakristei. Offenbar tanzte Paula dort typische Paar-Tänze wie Rumba, Walzer, Jive oder Cha-Cha-Cha, auch wenn sie nur die Damenschritte tanzen und Figuren nur andeuten konnte, bis hin zu typischen Einzeltänzen wie Canchucha, Flamenco oder Break- und Stepdance, wo Paula ihr individuelles tänzerisches Talent voll ausleben konnte. Paula war immer eine begeisterte und begnadete Tänzerin gewesen, die tanzte, bis die Schuhsohlen rauchten. Agnes musste das zugestehen – neidvoll, nicht demutsvoll.

Tatsächlich hatte Paula begonnen, auch andere CDs vom Regal zu nehmen und abzuspielen. Ausdrücklich verboten worden war es ihr ja nicht, beruhigte sie immer wieder ihr schlechtes Gewissen. Aber sie konnte einfach nicht anders. Die Gier nach Musik außerhalb der Kirchenlieder hatte sie immer fester im Griff. Zunehmend vergaß sie ihre Pflichten, sich um ihre Hühner, den Garten, die Bienen, ja sogar um den Blumenschmuck in der Kirche zu kümmern.

Und so musste es kommen, wie es kam. Eines Tages kam der Pfarrer vom Religionsunterricht früher als erwartet nach Hause und fand Paula wild zu lauter Musik tanzend vor.

Paula erstarrte erschreckt wie Lots unfolgsam zurückblickende Ehefrau bei der Flucht aus Sodom und Gomorrha augenblicklich zur sprichwörtlichen Salzsäule.

Paula fühlte sich ertappt. Was würde der Herr Pfarrer sich nun über sie denken? Welche schlechte Meinung nun von ihr haben?

Der Pfarrer aber reagierte anders als erwartet. Er trug ihr nun nicht als Buße zwei ‚Vater unser‘ und drei ‚Gegrüßet seist du Maria‘ auf, sondern schmunzelte nur. „Ich sehe, ich muss mein Urteil über Sie revidieren, Paula."

Was er sagte, überraschte sie: „Ich wusste, liebe Paula, dass Sie sehr gut singen können. Aber dass Sie eine noch bessere Tänzerin sind, das wird mir erst jetzt bewusst."

„Sie werfen mich gar nicht hinaus?", fragte Paula schüchtern und ungläubig.

„Doch", sagte der Pfarrer mit ernster Stimme und noch ernsterer Miene. „Aber nur, damit die Blumen am Hochaltar endlich wieder frisches Wasser erhalten."

„Und", fügte er mit nicht mehr so ernster Miene hinzu. „Sie dürfen auch wieder kommen – sofern Sie Ihre anderen Pflichten nicht weiterhin vernachlässigen."

Paula konnte ihr Glück nicht fassen. Ein wirklich netter Mann, dieser Pfarrer, dachte sie sich. Ganz anders als mein Mann.

Ihr Mann Heinz, obgleich meistens betrunken, hatte inzwischen aber auch gemerkt, dass Paula immer häufiger nicht zu Hause war und lieber in die Kirche ging. Was sie dort wollte, war ihm schleierhaft. Aber so sind die Frauen des Dorfes nun einmal, sagte er sich. Nicht alle, aber viele. Bigotte Kerzerl-Schluckerinnen eben. Heinz wusste zwar nicht, was das genau bedeutet, war sich aber sicher, dass es eher abfällig gemeint war.

Immer wieder ging er zum Fenster, um zu schauen, ob sie endlich heimkäme. Immerhin war sein Bier fast alle und Paula sollte neues aus dem Supermarkt holen.

Doch Paula kam nicht. Dafür ihre Busenfreundin Agnes.

Heinz eilte wackelig zum Gatter und sprach:

„Hallo Agnes. Weißt du, was mit Paula los ist? Statt hier im Haus und Hof zu arbeiten, werkt sie dauernd in der Kirche. Soviel Boden zu scheuern und so viele Blumen zu gießen gibt es nicht einmal dort, oder?"

Agnes war sich nicht klar, was sie und wie sie es Heinz sagen sollte. Immerhin hatte sie auch ihre ganz persönlichen Interessen in der Angelegenheit.

Das zunehmende Naheverhältnis des Pfarrers zu Paula wurmte sie, nagte an ihrem weiblichen Stolz. War sie nicht viel attraktiver als Paula? War der Pfarrer blind für ihre Reize, die sie gerne an ihm einmal ausprobiert hätte. Einem Pfarrer die Augen zu verdrehen und ihn vielleicht sogar zu sich ins Bett zu locken, war schon eine Sache, die man sich als großen Sieg auf die Fahnen der eigenen Weiblichkeit heften könnte.

„Paula übt mit dem Pfarrer gleich neben der Sakristei eine Solostelle für eine Hochzeit ein", antwortete Agnes, um scheinheilig zu ergänzen. „Du kannst dich jederzeit davon überzeugen."

Wenn er das macht und Paula Tango tanzend im Wohnzimmer des Pfarrers vorfindet, dann spielt es Granada. Dann ist es aus mit dem Techtelmechtel zwischen dem Pfarrer und Paula. Da war sie sich ganz sicher.

Doch leider dachte Heinz gar nicht daran, in die Kirche zu gehen. Müde schlurfte er mit unsicheren

Schritten wieder ins Haus, um die allerletzte Flasche Bier aus dem Kühlschrank zu holen.

Ich muss mir etwas Besseres einfallen lassen, sagte sich Agnes. Aber etwas, was nicht auf mich zurückfällt.

## Kap_7 Einsingen mit Folgen

Es war Sonntag geworden. Da gab es immer zwei Messen. Eine um 11 Uhr, die andere um 19 Uhr. Üblicherweise sang der Kirchenchor nur bei der Hauptmesse um 11 Uhr. Zum Einsingen traf man sich schon 15 Minuten vorher im Pfarrsaal. Daran nahm der Pfarrer normalerweise nicht teil, weil er sich für die Messe vorbereiten musste und die Gläubigen am Tor begrüßen wollte. So auch heute.

Die Erstankommende übernahm deshalb beim Einsingen interimistisch die Leitung des Chores. Schließlich ging es ja nur darum, die Stimmen aufzuwärmen und nochmals abzugleichen, wann welche Lieder heute gesungen werden sollten, und allenfalls Dinge zu besprechen, die den Chor betrafen. Meist gab es aber nichts zu besprechen. Das Programm war Sonntag für Sonntag das gleiche.

Agnes hatte sich bemüht, heute die Erste zu sein, und war es auch. Sie wollte heute das Sagen haben.

Um 12 Minuten vor 11 Uhr war die letzte Chordame eingetroffen und man begann mit dem gewohnten Repertoire von Einsingübungen für die Kehle und das Zwerchfell: ha-ha-ha, he-he-he, hi-hi-hi, usw.

Nach etwa fünf Minuten war man damit fertig. Während die Damen ein wenig unschlüssig herumstanden und darauf warteten, in die Kirche gerufen zu werden, ergriff Agnes das Wort:

„Sag uns, liebe Paula, wie weit du schon mit dem Studium deiner Solopartie gekommen bist."

„Ich übe noch. Das Stück ist nicht einfach – auch nicht für euch. Es ist fast wie eine Fuge für drei Stimmen aufgebaut. Eine Stimme singt der Sopran, eine der Alt, und eine singe ich solo, quasi als dritte Stimme. Oder sollte ich sagen: erste Stimme. Denn ich beginne, dann setzt der Sopran und zum Schluss der Alt ein. Nicht ganz einfach, sage ich euch. Vielleicht sollten wir den Pfarrer fragen, ob wir es uns einmal bei ihm instrumental anhören dürfen."

„Wie soll das gehen?", fragte Agnes scheinheilig.

„So wie jetzt bei mir", antwortete Paula vorschnell, ohne an ihr Versprechen der Geheimhaltung zu denken. „Wir spielen das Stück auf der Musikanlage des Pfarrers bei ihm zu Hause ab. Ich habe das schon gemacht."

Erst jetzt, leider zu spät, dämmerte es ihr, dass sie gerade den Pfarrer und sich in eine schwierige Situation manövriert hatte.

Agnes triumphierte innerlich und beglückwünschte sich, wie einfach sie ihre Busenfreundin, die zunehmend zur Rivalin wurde, ausgetrickst hatte.

Die anderen Frauen verstanden nicht gleich und mussten daher rückfragen: „Du darfst dieses Stück auf der Musikanlage im Wohnzimmer des Pfarrers abspielen? Heißt das: Du hast Zutritt zum Privatbereich des Pfarrers und nützt dies aus, um dort Musik zu hören?"

Paula nickte, wohl wissend, dass sie gerade einen folgenschweren Fehler begangen hatte.

Bevor die Frauen aber weiter nachfragen konnten, wurden sie vom Organisten gebeten, auf den Chor-Balkon zu gehen. Die Messe sollte beginnen.

Aber aufgeschoben ist bekanntlich nicht aufgehoben. Immer wieder fühlte Paula in den Pausen zwischen den Liedern fragende, misstrauische, ja vorwurfsvolle Blicke auf sich gerichtet. Sie spürte die unausgesprochenen Fragen wie schmerzhafte Nadelstiche: ‚Sie ist allein beim Pfarrer! Ganz allein! Gehört sich das für eine verheiratete Frau?'

Sonst traf sich Paula nach der Messe noch gerne vor der Kirche zu einem Tratsch. An besonderen Feiertagen sogar im Pfarrsaal zu einer Agape.

Heute war es anders. Heute eilte Paula sofort nach Hause. Sie wollte der Fragerei durch ihre Kolleginnen entkommen.

„Was, heute schon da?", lallte Heinz überrascht. „Fein, dann kannst du mir beim Wirt eine Flasche Slibo holen."

Paula hatte wenig Lust, jetzt wieder hinauszugehen und die eine oder andere Frau aus dem Chor zu treffen. Sie brauchte im Moment keine Fragen, auf die sie dann vielleicht wieder eine unbedachte Antwort geben würde.

Daher antwortete sie Heinz trotzig: „Warum holst du dir nicht selber deinen Schnaps. Das tust du ja sonst auch meist."

„Ja, meist. Aber sonst kommst du immer erst viel später. Zudem: Seit wann, mein Täubchen, bist du so streng zu deinem Heinzi. Sonst holst du sie ja auch, wenn ich dich so nett wie jetzt bitte."

„Ich bin müde und habe keine Lust dazu."

„Aha. Keine Lust dazu? Wozu dann? Ich habe heute Lust. Also komm her, mein Täubchen und sei ganz lieb zu deinem Heinzi. Du weißt doch, was dein Heinzi gerne mag."

Und ob Paula das wusste. Befriedigt werden, ohne sich anzustrengen. Am besten mit dem Mund. Aber heute war sie dazu noch weniger in Stimmung als sonst. Was heißt Stimmung. Es war eine Pflichtübung, ein Notwehrakt, um Streit und Schlägen bis hin zur Vergewaltigung zu entgehen. Sonst ergab sie sich als geborene Dulderin in ihr Schicksal. Aber heute, nach dem Malheur in der Kirche, wehrte sich alles in ihr. Nein, heute will ich nicht! Heute nicht!

Während sie das dachte, hatte Heinz schon begonnen seine Hose aufzuknöpfen und den bekannten Essensspruch ‚Komm Herr Jesus Christ, sei unser Gast, und segne, was du uns bescheret hast‘, in abgewandelter Form lallend zu rezitieren: „Komm liebe Paula, sei mein Gast, und streichle, was du dir bescheret hast.“

Ekelhaft, dachte Paula verzweifelt. Dass er nicht in die Kirche geht, kann ich noch verstehen. Mit so vielen Sünden würde ich mich auch nicht trauen dort hineinzugehen. Aber muss er all das, was mir lieb und teuer ist, mit solchen Zoten in den Schmutz ziehen.

Und ich soll ihn mir beschert haben? Er hat mir im Suff gewaltsam einen Sohn beschert, damals am Kirtag vor 32 Jahren in einem Gebüsch hinter dem Bierzelt.

Mit Schaudern dachte Paula noch an die schrecklichen Minuten, als sie zu feig war laut zu schreien. Denn dann hätten wohl alle dort auf sie mit den Fingern gezeigt: ‚Ah, die Paula ist auch so eine. Erst bis zur Ekstase tanzen, um dann zu ficken‘.

Dabei wollte ich wirklich nur tanzen, erinnerte sie sich. Tanzen war mein Ein und Alles. Heinz war ein guter Tänzer. Daher tanzten wir an diesem Abend oft und lang miteinander. Dass er das dann aber zunehmend alkoholisiert als Freikarte fürs einen Fick auffasste, hatte ich nicht geahnt.

Ja, so ist es damals passiert, dachte sie bitter zurück. Er, Heinz, hätte nichts dagegen gehabt, das Kind wegzumachen. Er drängte mich sogar mehrmals dazu. Aber ich dummes Mädchen wollte nicht, konnte nicht. ‚Gott gibt das Leben, Gott nimmt das Leben‘, sagte ich ihm immer wieder. Und so trug ich das Kind aus.

Heinz hat mich dann auf mein Drängen, dass der Bub einen Vater braucht, geheiratet. Ich glaube, mein ständiges Betteln war letztlich der Grund. Vielleicht war es auch seine Bequemlichkeit. Der Wunsch, sich von mir verwöhnen zu lassen. Eines weiß ich zweifelsfrei: Liebe war es bei ihm sicher nicht. Bei mir übrigens auch nicht.

Im Nachhinein gesehen war es ein Fehler, der sich leider nicht mehr gutmachen lässt. Denn für die Kirche ist die Ehe unauflöslich, sieht man von irgendwelchen Einzelfällen in der Geschichte ab. Kurz: Ich als gläubige Frau muss bei Heinz bleiben und meine ehelichen Pflichten erfüllen.

Also ergab sie sich doch widerwillig in ihr Schicksal und tat ihre vermeintliche Pflicht, genauer das, was Heinz von ihr wollte. Aber obwohl sie sich redlich bemühte, ihm seine Entspannung zu verschaffen, klappte es nicht. Entweder sperrte sich ihr Unterbewusstsein und sie wollte es doch nicht, oder Heinz war zu betrunken, um zum Höhepunkt zu kommen. Verärgert stieß er die vor ihm kniende Paula nach einer Weile mit dem Fuß weg und sagte zornig:

„Geh in die Küche, Weib! Vielleicht bringst du wenigstens ein ordentliches Mittagessen zusammen. Ich geh mir inzwischen selber beim Wirt meinen Slibo holen."

## Kap_8 Höllische Gedanken

Also verschwand Paula in die kleine Küche, um sich der ehelichen Pflicht der Zubereitung eines Mittagessens zu widmen.

Aufgrund der angespannten finanziellen Situation gab es meist nur das, was Haus und Hof hergab. Modern ausgedrückt nur Lokales und Saisonales. Also meist Gemüse aus dem eigenen Garten, gelegentlich, so wie heute an einem Sonntag, Huhn aus der eigenen Haltung. Anders als in der Geflügelindustrie wanderten hier am Hof die männlichen Küken nicht sofort in den Schredder und wurden zu Tierfutter verarbeitet, sondern durften wenigstens einige kurze Wochen leben, um dann als Brathähnchen verkauft oder wie jetzt verspeist zu werden.

Daher hatte eines ihrer Hähnchen schon gestern sein Leben ausgehaucht, um heute als Brathuhn am Teller zu enden. Die Innereien hatte sie zu einer Suppe verarbeitet, die nun schon seit ihrem Weggang zur Kirche am Herd köchelte. Sie wusste eben als gute Hausfrau, dass Fleisch- und Knochensuppen umso besser werden, je länger sie köcheln.

Die Kartoffeln und der Zwiebel für den Erdäpfelsalat stammten auch aus dem eigenen Garten. Gesüßt wurde mit billigem Zucker aus dem Supermarkt. Ihr Honig war dazu zu kostbar. Den konnte sie um ein Vielfaches des Zuckerpreises verkaufen. Auch Gewürze und Öl musste sie zukaufen. Zwar hatte sie viele Sonnenblumen, aber kein Gerät zur Ölgewinnung. Eine gute, sprich teure Ölpresse konnte sie sich nicht leisten.

Als gewissenhafte und brave Frau hatte sie das alles vor ihrem Kirchgang hergerichtet. Heinz hatte zu diesem Zeitpunkt noch den tiefen und guten Schlaf der Faulen und Ungerechten genossen. Sie nicht. Schon mit der ersten Morgenröte war sie in den Garten gegangen, um die Hühner zu füttern und ihre Pflanzen zu gießen. Dann hatte sie den Küchenherd, einen alten, gemauerten Großmutterherd, angeheizt. Dieser wurde mit Bockerln und Holz betrieben. Meist Holz, das sie in dem ihnen gehörenden winzigen Stück Wald zusammengeklaubt oder das sie als Abfallholz von Baustellen mit dem Leiterwagen herbei gekarrt hatte – allein, ohne Heinz. Ja, dachte Paula bitter, mein Leben macht mich wirklich reich – reich an Arbeit.

In diese Gedanken vertieft verfolgte sie, wie das Brathähnchen im Backrohr brutzelte und langsam immer bräuner wurde. Hin und wieder öffnete sie kurz die Backrohrtür und übergoss den Braten mit dem Saft, der heruntergetropft war. Oder sie öffnete die Brennraumtür, um kurz dem Spiel der züngelnden Flammen zuzusehen und dann ein paar Stücke Holz nachzulegen.

Ob es in der Hölle auch so zugeht? Ob die bösen Menschen dereinst dort auch so braten werden, wie ihr Katechet in der Volksschule immer wieder mit farbigen Bildern geschildert und sie aufgefordert hatte, alles zu tun, niemals dorthin zu kommen. Immer schön fromm, folgsam und arbeitsam zu sein, hatte er ihnen auf ihren Lebensweg mitgegeben. Und sie hatte es beherzigt. Heute ganz besonders. Fromm war sie in die Kirche gegangen, folgsam und geduldig hatte sie Heinz wie verlangt verwöhnt, und ein anständiges Mittagsmahl bereitete sie auch gerade zu. Ja, sie hatte den Auftrag des Katecheten beherzigt. Heinz nicht.

Ob es die Hölle wirklich gibt, fragte sich Paula zum x-ten Mal. Und zum x-ten Mal hoffte sie, dass es sie gibt. Dass dereinst Heinz für all das Böse, das er ihr angetan hatte, dort wie eben das Hähnchen gebraten wird. Ja, sagte sie sich immer wieder: Es ist unschön, das zu denken, noch mehr, sich das zu wünschen. Aber einer Sünde mache ich mich wohl nicht schuldig. Immerhin sagt es ja Bibel und die Kirche, dass Gott Himmel und Hölle geschaffen hat. Gott hat die Hölle geschaffen, nicht ich. Und was in seinem Sinne getan wird, ist wohlgetan. So steht es in der Bibel. Ebenso steht, dass ‚Heulen und Zähneknirschen herrschen wird'. Mir also vorzustellen, wie Heinz heulen wird, ist keine Sünde. Gott hat es für die Sünder so vorgesehen. Recht geschieht ihnen – göttliches Recht.

Nicht weit entfernt hegte ihre Freundin Agnes nicht weniger höllische Gedanken. Anders als Paula war sie nicht bitter, im Gegenteil. Sie war sehr zufrieden, dass und wie sie Paula die Falle gestellt hatte und dass diese dumme Gans hineingetappt war. Leider war die Falle aber nicht ganz zugeschnappt, weil Paula sich nach der Kirche gleich allen Fragen der anderen entzogen hatte. Aber der Dorftratsch würde dennoch hoffentlich bald das Werk vollenden.

Erstens würde der Tratsch irgendwann im Wirtshaus auch Heinz erreichen. Und der würde Paula ihre Flausen, ihr Techtelmechtel mit dem Pfarrer, gründlich aus ihrem Kopf prügeln.

Zweitens würde der Pfarrer nun wohl den allzu engen Kontakt mit Paula lockern, vielleicht ganz aufgeben, um sich nichts nachsagen lassen zu müssen. Und dann hätte sie wieder alle Chancen, den Pfarrer zu umgarnen.

Agnes hatte keine Gewissensbisse gegenüber ihrem Lebensgefährten Fritz. Er war der fünfte in ihrem

Leben, eben nur ein vorübergehender Lebensabschnittspartner. Inzwischen war sie seiner schon ziemlich überdrüssig geworden. Schon lange knisterte es nicht mehr zwischen ihnen, hatte der Sex mit ihm seinen Neuigkeitswert und Reiz verloren.

Etwas anderes, etwas ganz Neues musste her. Zum Beispiel der fesche junge Herr Pfarrer. Dessen Männlichkeit musste noch unverbraucht, voll aufgeladen sein. Nächtens hatte sie schon von ihm in Gestalt eines wilden Hengstes geträumt, davon, wie er sie mit seinem gewaltigen Hengst-Gemächt nahm und fast um den Verstand brachte. Der Traum war derart intensiv, dass er in ihrer Vulva ein höllisches Feuer entfacht hatte, das dringend einer Löschung bedurft hätte. Aber daraus wurde nichts. Fritz lag derweil schnarchend neben ihr und ahnte von all dem nichts.

## Kap_9 Chorprobe mit Folgen

Doch Agnes hatte sich getäuscht. Der beim Einsingen auflodernde Dorftratsch war ein Strohfeuer, das wieder erloschen war, bevor es richtig brannte, weil es keine neue Nahrung erhielt. Hie und da gab es noch ein paar Neugier-Glutnester bei einigen Frauen des Chores. Aber Agnes hatte nichts, womit sie daraus das Feuer wieder hätte anfachen können.

So traf man sich Dienstagabend wieder zur wöchentlichen Chorprobe, ohne dass dort die am

Sonntag unbeantworteten Fragen sofort wieder auf-
kochten. Wohl auch deshalb, weil der Pfarrer das
Thema gleich proaktiv anging:

„Liebe Frauen unseres Chores. Ich habe gehört,
dass Ihr beim Einsingen wissen wolltet, ob Paula
das Solo schon genügend gut beherrscht. Ich kann
euch sagen: Schon recht gut, aber noch nicht gut
genug, weil ich es aus eigenem Zuhören weiß. Paula hat nämlich mangels einer eigenen Musikanlage
sich das Stück mehrmals von meiner Anlage vorspielen lassen. Da sie nicht vom Blatt singen kann,
muss sie das Stück durch oftmaliges Anhören erlernen.“

„Paula sagte uns“, mischte sich nun Agnes ein,
„dass das Stück recht schwierig sei. Wie sollen wir
anderen dann das Stück erlernen? Kaum eine hier
kann richtig Noten lesen, geschweige vom Blatt
singen. Habe ich Recht?“

Agnes hatte sich zu ihren Kolleginnen gewandt, die
nickten.

„Daher bitte ich Sie, Herr Pfarrer, auch uns die
Möglichkeit zu geben, das Musikstück mehrmals
zu hören und es so zu erlernen.“

Der Pfarrer wiegte nur nachdenklich sein Haupt,
bis er sagte. „Ja, das wäre durchaus sinnvoll. Aber
anders als für Paula kann das nicht in meinem
Wohnzimmer stattfinden. Dort ist nicht genügend
Platz für 14 Damen und mich.“

„Dann vielleicht getrennt nach Stimmen? Einmal die erste Stimme, dann die zweite, dann die dritte", ließ Agnes nicht locker.

Wieder wiegte der Pfarrer nachdenklich sein Haupt, bevor er antwortete. „Ja, das wäre möglich. Aber einfacher ist es wohl, ich überspiele die Musik auf euer Handy. Dann könnt ihr es immer und überall abspielen, auch daheim im Badezimmer und dazu gleich singen. Kommt einfach nach der Chorprobe zu mir. Ich überspiele euch das Stück dann als mp3-File. Wer jetzt gleich danach keine Zeit oder sein Handy nicht mit hat, kommt halt ein andermal. Abends bin ich ja meistens zu Hause."

Agnes hatte erreicht, was sie wollte. Sogar besser als geplant. Denn nach ihrem ursprünglichen Vorschlag hätten ja nur alle Frauen gemeinsam Zutritt in den privaten Bereich des Pfarrers erhalten. Nun aber jede einzeln. Das war ihr viel lieber und eröffnete Möglichkeiten, die sie im Detail noch nicht kannte, ihr aber sehr verlockend erschienen.

Nachdem dies geklärt war, nahm die Probe ihren gewohnten Verlauf.

Nach dem Ende der Probe folgten tatsächlich drei der Frauen dem Pfarrer in sein Wohnzimmer, um das mp3-File auf ihr Handy kopieren zu lassen.

Agnes tat das mit Absicht nicht, obwohl sie ihr Handy bei sich hatte. Sie wollte den Pfarrer allein aufsuchen, ganz allein.

Das tat sie dann auch zwei Tage später in der Hoffnung, dass alle Frauen, die Dienstag bei der Chorprobe ihr Handy nicht mit hatten und die Datei daher nicht überspielen konnten, dies am Mittwoch nachgeholt hatten.

Gespielt scheu klopfte sie an die Tür des Pfarrhauses an der Straße. Wenige Sekunden später öffnete der Pfarrer.

„Ah, Agnes. Sie sind die Letzte, die sich das File überspielen kommt. Fein. Dann werden wir das Stück vielleicht schon bald auch gemeinsam in der Kirche proben können."

„Ja, vielleicht, Herr Pfarrer. Wenn alle so brav üben wie Paula, dann sicher", antwortete Agnes, die bewusst Paula ins Spiel bringen wollte.

„Übrigens", setze sie nach einer kurzen Pause fort, „haben Sie sich schon überlegt, Herr Pfarrer, was Sie machen, wenn Paula am Hochzeitstag vielleicht krank oder auch nur unpässlich ist und als Sängerin ausfällt?"

Der Pfarrer schien überrascht. „Sie haben Recht, liebe Agnes. Daran habe ich bisher überhaupt nicht gedacht. Das wäre ein riesiges Problem."

„… das Sie nicht hätten, wenn sich noch jemand außer Paula gemeldet hätte."

„Richtig. Aber leider hat sich keine andere neben Paula gemeldet. Ja, ich glaube, ich sollte nächsten Dienstag Ihren völlig richtigen Einwand vorbringen und fragen, ob sich nicht doch noch eine zweite Frau findet, um als Substitutin im Fall des Falles bereitzustehen."

„Das werden Sie nicht brauchen, Herr Pfarrer", sagte Agnes mit der süßesten Stimme, die sie hatte. „Sie sind immer so nett, so lieb zu uns, auch zu mir, dass ich mich schon jetzt freiwillig als Substitutin melde."

„Das würden Sie?", fragte der Pfarrer hocherfreut.

„Sie brauchen mir jetzt nicht aus Dankbarkeit um den Hals zu fallen", antwortete Agnes mit der frivolsten Stimme, zu der sie fähig war. „Das dürfen Sie wohl nicht, obwohl das in einer Situation wie der jetzigen wohl das Natürlichste der Welt wäre. Aber", und nun sprach sie mit der traurigsten Stimme, zu der sie fähig war, „sie sind ein Priester. Jammerschade, was Sie uns Frauen als so fescher Mann vorenthalten."

Man sah richtig, wie der Pfarrer zu schwitzen begann und nicht recht wusste, was er antworten sollte. Aber Agnes kam ihm sowieso zuvor und wechselte das Thema.

„Es gibt allerdings ein Problem. Mein Fritz hasst Kirchenmusik und kann es überhaupt nicht leiden, wenn ich diese spiele, noch weniger, wenn ich sie lauthals singe. Er will seine Ruhe haben."

„Also wird es doch nichts mit Ihrer Substitutinnen-Rolle", reagierte der Pfarrer enttäuscht.

42

„Warum? Das ändert doch nichts daran", korrigierte ihn Agnes. „Ob ich daheim die zweite oder die dritte Stimme vorspiele und einlerne, kommt sich doch wohl auf das Gleiche heraus. Nein, was ich brauche, ist ein Ort zum Proben."

Agnes hatte die Angel ausgeworfen. Aber der Fisch biss nicht an. Sah er oder wollte er den Köder nicht? Egal: Der Fisch ließ sich so nicht fangen. Also musste Agnes mit dem Kescher nachhelfen.

„Vielleicht wären Sie so nett, Herr Pfarrer", sagte sie wieder mit zuckersüßer Stimme, „mir so wie Paula Ihr Wohnzimmer zum Proben zur Verfügung zu stellen. Natürlich nur in der Zeit, wo Sie nicht da sind. Ich will Sie ja nicht stören."

Als der Pfarrer noch immer zögert, warf sie ihr letztes Ass ins Spiel. „Das hätte den Vorteil, dass Paula und ich gelegentlich, wenn es sich zeitlich für beide machen lässt, zusammen proben. Wie soll ich sie ersetzen, wenn ich nicht weiß, wie sie ihre Partie anlegt, singen will?"

Endlich gab der Pfarrer nach. „Sie haben Recht, Agnes. Dafür spricht manches. Also gut. Auch Sie bekommen einen Kirchenschlüssel und können dann über die Sakristei jederzeit in meine Wohnung gelangen."

‚Jederzeit' hatte der Pfarrer gesagt, frohlockte Agnes Sexualtrieb. Agnes Phantasie war nicht mehr zu bändigen.

Aber ich muss langsam und vorsichtig vorgehen, sagte sie sich. Wenn man so einen kolossalen Fang an Land ziehen will, muss man Geduld haben.

Als Erstes werde ich einmal schauen, wann Paula nicht dort ist. Denn anders als eben argumentiert, will ich nicht mit ihr gemeinsam proben.

Als Zweites will ich möglichst zu der Zeit dort sein, wenn der Pfarrer heimkommt. Er soll meine wunderbare Stimme hören und meinen wunderschönen Körper nur notdürftigst bekleidet zu sehen bekommen. Immerhin kann man auch beim Singen, insbesondere jetzt im Sommer, ganz schön ins Schwitzen kommen. Die spärliche Bekleidung kann man somit unverdächtig erklären.

Als Drittes muss ich einen Weg finden, Paula auszubooten. Mir wird schon noch etwas einfallen.

## Kap_10 Anbandelungsversuche

Agnes tat, was sie sich vorgenommen hatte. Sie war schon immer konsequent gewesen.

Wenn sie einen Mann wollte, setzte sie alles daran, ihn zu kriegen. Alles.

Wenn sie ihn nicht mehr wollte, setze sie alles daran, ihn wieder loszuwerden. Alles.

Demnächst würde ihr Lebensabschnittspartner Numero fünf dies erleben, auch wenn dieser ihr ein sehr angenehmes Leben bot. Er brachte das Geld heim, viel Geld, und sie hatte nicht viel mehr zu tun, als es auszugeben. Für den Haushalt hatte sie eine Hilfe, sodass ihr reichlich Freizeit blieb.

Die nützte sie nun, meist um die Mittagszeit, um ins Pfarrhaus zu gehen und dort zu proben. Immer in der Hoffnung, dass der Pfarrer frühzeitig heimkommt. Denn zu auffällig sollte es nicht sein, wenn sie nur mit der Unterwäsche bekleidet in seiner Wohnung herumsprang. Es musste so aussehen, als wäre sie wirklich von ihm völlig unerwartet überrascht worden.

Eines schönen Tages, einem Mittwoch, war es so weit. Der Pfarrer kam herein und fand Agnes nur mit BH und Unterhöschen bekleidet vor.

„Bitte", sagte er sofort, „verzeihen Sie, dass ich ohne anzuläuten, ohne Sie vorzuwarnen, hier eindringe."

Das sagte er, obwohl es ja sein Haus war und er sich nicht ankündigen müsste. Aber der Pfarrer war ein feiner, gebildeter Mensch, der selbst in unangenehmen Situationen, für die er nichts konnte, höflich blieb.

„Bitte ziehen Sie sich etwas an."

„Ich habe doch etwas an, Herr Pfarrer. Im Bad, wenn die Frauen im Bikini herumgehen, ist das doch auch nichts anderes. Es ist alles verdeckt, was Männer auf unzüchtige Ideen bringen könnte."

„Nicht ganz", antwortete der Pfarrer. „Es ist nicht das Gleiche. Die Bikinis sind dort nicht so durchsichtig wie Ihre Unterwäsche. Zudem sind hier im Raum nur wir beide anwesend, in einem Bad aber viele andere Menschen. Dort ist man in der Öffentlichkeit und durch diese in gewisser Hinsicht geschützt."

„Hier bin ich doch auch geschützt, oder?", gab Agnes nicht nach. „Oder könnten Sie in so einem Moment schwach werden oder die Situation gar schamlos ausnützen wollen, Sie als Mann der Kirche?"

„Sie drücken es sehr treffend aus, Agnes", entgegnete der Pfarrer. „Sie sagten ‚Mann'. Ja, ich bin ein Mann, ein an die Kirche und Gott durch ein Gelübde gebundener Mann. Aber eben auch nur ein Mann. Also bitte, führen Sie mich nicht noch mehr in Versuchung, als Sie es schon tun."

„Sie reden sehr offen, Herr Pfarrer. Ich schätze das an Ihnen, wie ich noch viele andere Seiten an Ihnen schätze. Das zu Ihrer Person."

„Zu meiner muss ich sagen. Ich bin überrascht, dass ich als fast 50-Jährige, Sie, einen knapp 20 Jahre jüngeren Mann in Versuchung führen kann. Das ist Labsal auf meine weibliche Seele."

„… oder weibliche Eitelkeit", warf der Pfarrer ein.

„Nein, in bin nicht mehr in dem Alter, wo ich mit jungen Frauen konkurrieren könnte", versuchte

Agnes nach Komplimenten zu heischen. „Mein Fritz zum Beispiel findet mich nicht mehr attraktiv, begehrt mich nicht mehr. Da werden Sie, Herr Pfarrer – oder darf ich angesichts der Situation Lukas sagen? – doch sicherlich verstehen, dass mich Ihr Lob freut, es meiner weiblichen Seele schmeichelt."

„Das mit dem Du und dem Vornamen muss ich mir noch überlegen. Wenn ich es hier tue, muss ich es wohl auch mit allen andern Damen des Chors tun."

„Aber das hat doch nichts mit dem Chor zu tun", widersprach Agnes sofort mit großer Heftigkeit. „Das hat doch hoffentlich nur damit zu tun, dass Sie mich schätzen, meine Stimme und meinen Körper schön finden, vielleicht sogar bewundern. Das ist etwas zwischen uns beiden als Mann und Frau, nicht als Chorleiter und Choristin."

Und nach einer rhetorischen Pause legte sie nach. „Oder streiten Sie das ab? Sie wissen als Pfarrer noch viel besser als ich, dass man kein falsches Zeugnis ablegen soll."

„Richtig", antwortete der Pfarrer. „An dem eben zitierten Ort steht aber auch, dass man nicht Unkeuschheit treiben soll."

„Falsch, Herr Pfarrer. Dort steht, dass man nicht ehebrechen oder des Nächsten Weib begehren soll. Ich bin aber niemanden anders Weib. Ich bin unverheiratet."

Agnes trat näher an den Pfarrer heran und zeigte ihm ihre gepflegten, von keinerlei schwerer körperlichen Arbeit zeugenden Finger. „Nun, sehen Sie einen Ehering?"

„Das sagt gar nichts", widersprach der Pfarrer, der sichtlich zu schwitzen begann, was wohl nicht allein von der Schwüle des Sommertages herrührte. „Viele Eheleute tragen heute keine Ringe. Bei der Hochzeit stecken sie diese einander an die Finger. Danach verschwinden die Ringe in einer Schmuckschatulle, so, als ob ein Ehering ein Schmuckstück wäre. Nein, er ist ein sichtbar getragenes Dokument, mit dem der Träger und die Trägerin allen anderen zeigt, zeigen will: ich bin verheiratet."

Agnes ergriff unvermittelt die Hände des Pfarrers, der dies völlig überrascht geschehen ließ. „Und dieser Ring hier. Was hat der zu bedeuten?"

„Es ist ein Rosenkranzring", antwortete der Pfarrer.

„Ein was? Egal. Jedenfalls ist er ein Zeichen Ihrer besonderen Verbindung mit Gott. Richtig?"

„In gewisser Weise ja."

„Das verstehe ich nun nicht", sagte Agnes, die inzwischen die vor Aufregung feuchten und leicht zitternden Hände des Pfarrers wieder losgelassen hatte, ohne aber den knappen Körperabstand zu vergrößern. „Wir Menschen dürfen nur einen Partner haben, Gott aber darf sich mit unendlich vielen verbinden. Oder bin ich falsch informiert, dass

Klosterschwestern durch die Profess sich mit Christus vermählen?"

„Sagen Sie besser, verloben", korrigierte der Pfarrer. „So jedenfalls sieht es unsere Kirche."

„Aber warum?", bohrte Agnes weiter, die keinerlei Anstalten machte, ihre durchsichtige Unterwäsche unter anderem Gewand zu verbergen.

„Nehmen Sie mich, Herr Pfarrer. Ich lebe mit einem Mann, der mir die Ehe versprochen hat, dies aber nie realisiert hat." Das war zwar gelogen, aber passte gut in Agnes' Argumentationskette. „So kann ich mich trennen, ohne der heiligen Sakramente verlustig zu gehen. Hätte er mich geheiratet, so könnte ich das nicht mehr. Das ist doch ungerecht! Denn wo liegt der Unterschied, ob ich mit einem Mann mit oder ohne Ehering zusammenlebe?"

„Im Sakrament der Ehe, im Versprechen. Im Alltag wohl nicht. Ich nehme als nicht ganz Weltfremder an, dass Sie auch als Nicht-Ehefrau für Ihren Lebensgefährten kochen, sich um ihn im Krankheitsfall und auch sonst kümmern, ja mit ihm schlafen."

Endlich war das Stichwort gefallen, auf das sie gewartet hatte, und zwar aus dem Mund des Pfarrers.

Agnes setzte ihren betörendsten Blick auf und blickte dem Pfarrer tief in die Augen. „Leider tut er das schon seit langem nicht mehr. Ich leide sehr darunter und sehne mich nach Abhilfe. Sie sind doch ein junger, starker Mann … "

„… und zur Nächstenhilfe verpflichtet", ergänzte sie nach einer Kunstpause, bei der sie ihre Arme um seinen Hals legte.

Jeder Beobachter hätte sehen können, ja müssen, wie der Pfarrer mit sich rang.

„Agnes, bitte nicht. Führen Sie mich nicht in Versuchung. Ja, Sie sind eine hübsche, begehrenswerte Frau. Aber ich habe hier eine Funktion, die ich nicht gefährden darf und will."

„Es würde niemand erfahren. Ich verspreche es hoch und heilig. Geben Sie sich einen Ruck."

Der Pfarrer gab sich einen Ruck, aber anders, als ihn Agnes erhofft hatte.

Er löste ihre in seinem Nacken verschränkten Hände und trat einen Schritt zurück. „Bitte Agnes, seien Sie mir nicht böse. Von mir wird niemand erfahren, schon gar nicht Ihr Fritz, was hier gerade ablief. Aber bitte ziehen Sie sich nun an und gehen Sie."

## Kap_11 My way

Agnes war stinksauer. Noch nie, wirklich noch nie hatte sie ein Mann zurückgewiesen, vor dem sie in Reizwäsche stand und dem sie eindeutige Angebote machte.

Das mir! Daran kann nur Paula schuld sein. Die geht ja schon viel länger im Pfarrhaus ein und aus.

Vielleicht war diese vor ihr im Verführen erfolgreicher gewesen und der Pfarrer fühlte sich nun Paula verpflichtet?

Immer diese überholte Sichtweise von Verpflichtung und Treue, sagte sich Agnes zum x-ten Mal. Solange es beim Sex um Lust und Vergnügen geht, und nur um das, ist es doch völlig egal, wer mit wem kopuliert. Solange beide dabei auf ihre Rechnung kommen, ist doch alles ok. Oder nicht?

Leider nein! Das Problem machten und machen die Kinder, die dabei entstehen konnten, wusste Agnes seit langem. Denn was liegt näher, als dass die Frau dann in ihrer neuen Funktion als Mutter für die Aufzucht des Nachwuchses den Erzeuger an sich binden will. Möglichst fest und dauerhaft. Das erleichtert ihr die Sache der Aufzucht ungemein.

Also bot sie ihm an, immer und jederzeit für ihn da zu sein, natürlich auch für Sex. Ganz nach dem Motto: ‚Oben Mutti, unten Nutti.‘ Und darauf fielen die Männer reihenweise herein und ließen sich in einer neuen Rolle versklaven: Aus den bloßen Liebhabern, den zufälligen Erzeugern, den bewussten Besamern, wurden plötzlich Väter mit einer riesen Latte an Aufgaben und Sorgepflichten.

Natürlich hatten die Mütter kein Interesse, dass die so versklavten Männer auch mit anderen Frauen Kinder zeugen, weil diese dann ‚ihre‘ Männer auch als Väter in die Pflicht nehmen wollen, was natürlich Probleme macht.

Umgekehrt wollten die Männer nicht die mühsame Aufgabe der Vaterrolle für Kinder übernehmen, die sie gar nicht gezeugt hatten.

All das führte zur evolutionären Erfindung wie kulturellen Ausformung des Begriffs ‚Treue‘.

Man braucht nur ins Tierreich schauen und erkennt, dass es ‚Treue‘ in vielen Spielarten gibt: Treue in lebenslangen Zweierbeziehungen, wie man sie bei einigen Vögeln und Fischen nachwies. Treue in Horden, in denen der Mensch und seine nächsten Verwandten organisiert sind, wo Promiskuität und Treue nebeneinander existieren. Treue in einem Rudel, wo der Platzhirsch seine Weibchen bespringt, ohne dass diese aufeinander eifersüchtig wären, oder eine Löwin nichts daran findet, wenn der Pascha abwechselnd sie und ihre Schwester begattet – und das rund 40-mal am Tag, fünf Tage lang.

Das würde ich mir einmal wünschen, schwelgte Agnes gleich wieder in sexuellen Phantasien. Aber mir wird vom Pfarrer schon das eine Mal verweigert.

Agnes war keine dumme Frau. Solche Gedanken hatte sie heute nicht das erste Mal gewälzt. Schon in ihrer Jugend hatte sie sich gefragt, ob Sex eine Erfindung der Evolution oder doch ein Teil der Schöpfung, also Gott-gewollt, ist. Sie befand, dass Sex letztlich nur dem Fort-Bestehen der Art, sprich dem Überleben der Gene, dient. Die Gene wollen quasi ewig leben. Der Avatar, der sie weitertrug, war der Evolution (und Gott?) herzlich wurscht. Der Avatar kam in diese Welt und ging wieder von dieser Welt – Generation um Generation.

Die Religionen haben dieses Kommen und Gehen dann kulturell verbrämt, indem sie auch den Avataren Wiedergeburt oder ewiges Leben versprachen. Welch groß angelegter Selbstbetrug.

Agnes hatte letztlich als Ergebnis dieser intellektuellen Auseinandersetzung sich für ihren Lebensweg entschieden, wo Treue für sie nur in einer Weise zählte: Treue sich selbst, den eigenen Wünschen und Begierden gegenüber. Daher hatte sie sich nie fix gebunden, nie Kinder bekommen, geschweige den Wunsch nach ihnen verspürt. Hinter ihr war sowieso Schluss: Ihre ganz persönlichen Gene würden eben nicht ewig leben.

So lebte sie ihr Leben konsequent ausschweifend und rücksichtslos, wenn auch meist nicht bewusst bösartig. Man sollte daher besser narzisstisch und egoistisch sagen. Bisher hatte sie noch alle Wünsche durchgesetzt. Und dann heute das. Welch eine Zurückweisung, ja Erniedrigung!

## Kap_12 Ein Komplott

Je länger Agnes nachdachte, umso sicherer war sie sich, dass daran Paula Schuld, zumindest Mitschuld hatte. Sie und auch der Pfarrer gehörten bestraft.

Aber wie?

Dann kam ihr eine Idee. Der Pfarrer hatte sie zwar mit den Worten ‚bitte gehen Sie' höflich um ihren Abgang gebeten. Aber seien wir uns ehrlich: es war ein Hinauswurf. Allerdings hatte er kein Hausverbot ausgesprochen und den Schlüssel zurückverlangt. Sie konnte also weiterhin in die Wohnung des Pfarrers gehen, wann immer sie wollte. Und sie wollte – mit einer ganz bestimmten Absicht.

Zu Hause angekommen öffnete sie ihren Kleiderkasten und wühlte in jener Lade, wo sie die Unterhöschen und BH aufbewahrt. Früher hatten sie und Paula die gleiche Unterwäsche getragen. Sie meinten damals, dass sie damit so etwas wie eine Blutsschwesternschaft dokumentieren.

Inzwischen hatte Agnes sich sehr viel reizvollere – und vor allem teurere – Dessous zugelegt. Manche Stücke der damaligen billigen Unterwäsche lagen aber noch immer hier, seit vielen Jahren, sogar noch unausgepackte.

Ob Paula auch zu einer anderen Marke und reizvolleren Stücken gewechselt hat, fragte sich Agnes. Davon hing ihr Plan wesentlich ab.

Agnes nahm eine der originalverpackten Kombipackung, bestehend aus Höschen und BH, verstaute diese in ein unscheinbares Plastiksackerl und machte sich auf den Weg zu Paula.

Diese fand sie in ihrem Garten Unkraut jätend vor.

„Hallo Paula", rief sie halblaut, um nicht Heinz aus dem Haus zu locken. „Ich bin gerade dabei, meine Kästen durchzuschauen und alte Kleidungsstücke wegzugeben. Dabei bin ich auf Unterwäsche gestoßen, wie wir sie vor vielen Jahren gemeinsam als Zeichen unserer Blutsschwesternschaft trugen. Du erinnerst dich?"

„Natürlich", erwiderte Paula. „Schließlich trage ich noch immer die gleiche Unterwäsche, soll heißen das gleiche Modell und die gleiche Größe. Ich bin richtig stolz, dass mein Busen und mein Po trotz zweier Kinder nicht zugelegt haben."

„Sehr gut", sagte Agnes. „Dann habe ich hier ein Geschenk für dich."

Damit gab sie das Plastiksackerl Paula, die gleich hineinblickte: „Oh, danke, danke, danke. Das kann ich wirklich gut gebrauchen. Die Dinger werden von Monat zu Monat immer teurer, fast unerschwinglich."

Nur für dich, dachte sich Agnes, sagte aber: „Mir passen die Sachen leider nicht mehr. Meine Figur ist leider ein wenig – sagen wir – breiter, fraulicher geworden."

Weiß ich, dachte sich Paula. Hättest du soviel körperlich gearbeitet wie ich, dann hättest du auch noch deine Traumfigur und weniger Speckringe.

„Daher besteht wirklich kein Grund dich so überschwänglich zu bedanken", setze Agnes fort. Und wüsstest du, dachte sie sich, weswegen ich dir dieses Danaer-Geschenk machte, dann würdest du nicht dreimal Danke sagen, sondern mich selbst als gottesfürchtige Christin dreimal verfluchen.

Am nächsten Tag, als Agnes den Pfarrer in der Schule wusste und Paula draußen am Erdbeerfeld, ging sie nochmals in die Kirche, von dort in die Sakristei und zur Schlupftür zur Wohnung des Pfarrers. Niemand hatte sie dabei gesehen. Gott sei Dank. Die Tür war wie üblich nicht versperrt und so trat Agnes ein. Handschuhe trug sie keine, denn Fingerabdrücke gab es hier wohl mehr als genug von ihr. Da kam es auf die paar neuen auch nicht mehr an.

Drinnen ging sie schnurstracks ins Schlafzimmer, warf sich in das Bett des Pfarrers – übrigens ein Einzelbett, allerdings von Queensize-Format – und wälzte sich darin so lange, bis es völlig zermuddelt aussah.

Dann fischte sie eines jener Unterhöschen, wie sie es gestern Paula geschenkt hatte, samt dem zugehörigen BH aus der mitgebrachten Tasche, knüllte diese Dessous noch mehrmals zusammen und warf sie dann unordentlich dorthin, wo man aus dem oder in das Bett steigt.

Schließlich nahm sie ein kleines Fläschchen, in dem sie etwas rohes Hühnereiweiß mitgebracht hatte, und träufelte ein paar Tropfen davon auf das Leintuch.

Zuletzt zückte sie den mitgebrachten Fotoapparat und machte mehrerer Bilder, immer so, dass das alles nach einer Orgie hier im Bett ausschaute und man klar den Ort der Aufnahme als das Schlafzimmer des Pfarrers identifizieren konnte. Von den Eiweißflecken machte sie sogar ein paar Nahaufnahmen. Nach einer kurzen Kontrolle auf dem Display des Fotoapparates, ob die Bilder entsprachen, verließ sie wieder eilig die Wohnung des Pfarrers auf dem gleichen Weg, auf dem sie gekommen war.

Zu Hause zog sie Gummihandschuhe an und druckte die Fotos zweimal aus. Die Fotos der einen Serie erhielten auf der Rückseite immer die gleiche Botschaft in Blockschrift:

*Damit du weißt, was deine Frau in der Kirche macht.*

Die zweite Serie analog die Aufschrift:

*Damit Sie wissen, was unser Pfarrer macht.*

Dann steckte sie die eine Serie in ein neutrales Kuvert, das an Heinz adressiert war mit der Aufschrift: ‚Nur eigenhändig‘.

Die zweite Serie steckte sie in ein neutrales Kuvert, das an den Bischof adressiert war.

Schnell noch zwei Marken draufgeklebt und ab in den nächsten Briefkasten. Die Mühe, zwecks Anonymität in die Stadt zu fahren und dort die Briefe aufzugeben, machte sie sich nicht. Sie musste nur schauen, dass sie niemand beobachtet. Dass die Briefe von jemandem aus dem Ort stammen, war ja wohl aufgrund des Inhalts klar.

## Kap_13 Anzeige mit Folgen

Als der Pfarrer spät abends heimkam und zu Bett gehen wollte, traute er seinen Augen nicht. Sein Bett war zerwühlt, wie nach einem heftigen Kampf. Vor dem Bett lagen zudem ein Unterhöschen und ein Büstenhalter. Der Größe und Ausführung nach zu schließen eher die Dessous einer erwachsenen Frau denn eines jungen Mädchens.

Der Pfarrer setzte sich einmal nieder und überlegte, was dieses eigenartige Szenario wohl für einen Grund haben könnte.

Hatten vielleicht die schon größeren Ministranten und Ministrantinnen sein Bett als Liebesnest missbraucht? Das wäre möglich. Alt genug waren sie für erste sexuelle Spiele. Zugang hätten sie über die Sakristei auch gehabt, da die Tür zwischen der Sakristei und seiner Wohnung normalerweise unversperrt war. Wer Zutritt zur Sakristei hatte, hatte auch Zutritt zur Wohnung. Aber, sagte er sich, ich hätte an deren Stelle das Bett wieder so in Ordnung gebracht, sodass niemand seine Zweckentfremdung gemerkt hätte. Und auch die Unterwäsche hätte ich nicht liegen lassen. Nein, diese Möglichkeit ist nicht sehr wahrscheinlich.

Was dann? Wer hatte noch Zugang?

Zunächst die Haushaltshilfe, die einmal in der Woche kommt. Immer an einem Freitag. Heute war aber Donnerstag. Die hätte zudem das Bett nach ihrem Liebesspiel sicher neu überzogen.

Dann war da noch Paula. Hatte sie sich hier mit einem Freund zu Intimitäten getroffen? Nicht, dass ich es ihr zutraue. Aber möglich wäre es. Immerhin ist ihre Ehe, wie man hört, nicht gerade glücklich.

Dann war da noch Agnes. Ja, wenn ich deren eindeutiges Angebot angenommen hätte, dann wäre der jetzige Zustand meines Bettes mehr als verständlich. Aber dazu kam es ja nicht. Hatte sie sich einen anderen Mann als Ersatz in mein Bett geholt, sich vorgestellt, dass dieser Mann ich wäre? Die Psychologen kennen derartige Verhaltensweisen unter dem Begriff Projektionen. Dann wäre auch verständlich, dass nicht zusammengeräumt wurde. Ganz bewusst! Ich sollte sehen, dass ich nicht unentbehrlich bin, dass sie genug andere findet, die mit ihr schlafen wollen. Ja, Agnes hätte am ehesten ein Motiv.

Egal wer es nun war. Ich möchte mir nicht in vielen Jahren oder sogar Jahrzehnten von irgendwelchen windigen #MeToo-Anhängerinnen unter Bezugnahme auf derart absurde Indizien wie einem zerwühlten Bett oder herumliegenden Dessous vorwerfen lassen können, dass ich als Pfarrer in meinem Bett Unzucht getrieben hätte. Nein. Nicht ich! Mit mir geht das nicht!

Ich werde Anzeige erstatten. Aber nicht wegen eines zerwühlten Bettes. Die Polizei würde mich auslachen und gar nicht erst kommen. Nein, ich werde von einem Einbruch sprechen.


Eine knappe halbe Stunde später erschienen zwei Polizisten der Spurensicherung und untersuchten zunächst einmal eingehend die beiden Türen zur Wohnung.

„Hier, Hochwürden, sind keine Spuren einer gewaltsamen Öffnung zu erkennen", sagte der leitende Polizist. „Die Türen waren entweder offen oder wurden regulär aufgesperrt. Wer hatte hier mit Schlüssel Zutritt?"

„Der Mesner, meine Haushälterin und zwei Frauen aus meinem Chor."

Die Polizisten sahen sich vielsagend an. „Sie geben, Hochwürden, Frauen aus Ihrem Chor Schlüssel zu Ihrer Privatwohnung?"

„Ja, so ist es."

„Und zu welchem Zweck?"

„Sie probten hier ungestört ihre Solostellen für das Hochzeits-Hochamt."

Wieder sahen sich die Polizisten vielsagend an, sagten aber nur: „Na gut. Aber denken Sie darüber nach, ob das wirklich eine gute Idee ist."

„Wer noch?"

„Alle, die in die Sakristei konnten. Also auch die Ministranten."

„Was sollen die Kleinen hier, noch dazu mit Reizwäsche. Die können wir ausschließen."

„Nein", widersprach der Pfarrer. „Einige sind schon groß, 15 und 16 Jahre."

„Das ändert natürlich die Sachlage", pflichtete der leitende Polizist bei.

„Fehlt irgend etwas?"

„Nicht, dass ich wüsste", antwortete der Pfarrer. „Im Gegenteil. Es ist etwas dazu gekommen, was mir nicht gehört: das Unterhöschen und der BH."

„Ja, es ist sehr ungewöhnlich", fasste der leitende Polizist zusammen, „dass Diebe etwas mitbringen, statt etwas wegzutragen. Die Reizwäsche schließt einfachen Diebstahl wohl aus."

„Es könnten auch ein Landstreicher oder ein Alkoholiker hier hereingekommen sein, um Sie anzubetteln. Die Türen standen ja nach Ihren Angaben offen. Als er niemanden antraf, nützt er die Gelegenheit sich hier – eventuell seinen Rausch – auszuschlafen. Klingt aber auch nicht wirklich überzeugend. Die ganze Sache ist sehr mysteriös."

„Wir werden nun die Sachen als Beweisstücke mitnehmen und im Labor untersuchen. Vor allem diese verdächtigen Flecken auf dem Bettlaken. Und auch die Reizwäsche."

Der Polizist stopfte das Bettzeug in einen großen Nylonsack. Dann nahm er den BH und schließlich das Unterhöschen. An Letzterem roch er, bevor auch das in einem Nylonsack verschwand.

„Komisch", sagte er dann. „Das Höschen riecht ganz frisch, so, als ob es gar nicht getragen worden wäre. Können Sie sich das erklären, Hochwürden?"

Hochwürden konnte es nicht und war froh, als die Polizei wieder abzog.

Die Frage, wo er heute schlafen sollte, war auch geklärt. Auf der Sitzbank. Das Bett war in diesem Zustand unbenützbar. Morgen wird es die Haushälterin neu überziehen, tröstete er sich. Dann kann ich wieder in meinem gewohnten Bett schlafen. Dann ist die Sache erledigt.


Darin sollte er sich allerdings gründlich täuschen. Denn in einem kleinen Dorf, wie dem hier, blieb natürlich nichts geheim. Bald wussten alle von der Anzeige eines Einbruchs im Pfarrhaus. Es sei aber nichts gestohlen worden, lautete das Gerücht, das erfreulicherweise nichts über die hinterlassenen Dessous berichtete. Aus Ärger über die nicht gemachte Beute hätten die Diebe aber die Wohnung verwüstet. Eine Gemeinheit. Aber warum hatte der Pfarrer auch nicht zugesperrt? Selber schuld!

Darauf musste der Pfarrer reagieren – und tat es auch. Daher ging er diesmal vor der Sonntags-Hauptmesse in den Pfarrsaal zum Vorsingen.

„Liebe Frauen des hiesigen Chores. Ihr wisst, dass ich nur wenig Zeit vor der Messe habe. Aber aus aktuellem Anlass musste ich heute hier erscheinen, um zwei Sachen zu klären."

„Erstens hat mich die Polizei gefragt, warum ich die Tür zwischen Sakristei und meiner Wohnung meist unversperrt lasse. Das würde Dieb geradezu anziehen, motivieren, deren Tun begünstigen. Sie rieten mir, das zu ändern. Meinen Einwand, dass nur die dorthin können, die einen Kirchenschlüssel haben, der die Tür zwischen der Kirche und der Sakristei sperrt, ließen sie nicht gelten. Insbesondere, weil zwei unter euch, neben dem Mesner und meiner Haushälterin, so einen Schlüssel haben."

Die Choristinnen sahen sich gegenseitig erstaunt an – viele missbilligend, manche sogar eifersüchtig.

„Ich sage nun nicht, wer die beiden Frauen sind. Ihr könnte es euch wohl ebenso wie den Grund dafür denken. Ich bitte die beiden, mir die Schlüssel bei der kommenden Chorprobe zurückzubringen."

„Zweitens hat eine der Frauen", der Pfarrer vermied es, Agnes dabei anzuschauen, „vorgeschlagen, ob wir einander nicht duzen könnten. Von meiner Seite liebend gern. Seid ihr alle damit einverstanden?"

Die Frauen waren oder taten zuerst überrascht, aber schließlich nickten sie alle.

„Dann sei es. Ich bin ab nun euer Bruder Lukas."

## Kap_14 Ein Brief mit Folgen

Am darauffolgenden Montag früh am Morgen kam der Postbote mit dem von Agnes an Heinz adressierten Brief. Paula, die im Garten arbeitete, wollte diesen wie üblich übernehmen. Aber der Postbeamte gab ihn ihr nicht mit dem Hinweis auf den Text ‚Nur eigenhändig.'

Also musste Heinz herauskommen, was seine ohnehin schlechte Laune noch mehr verschlechterte. Missgelaunt übernahm er den Brief und verschwand wieder im Haus.

Keine zwei Minuten später hörte man ihn aus dem Haus brüllen: „Paula, komm her, du Schlampe. Aber dalli dalli."

Paula war verwirrt. So hatte Heinz, der weiß Gott kein Feiner war, sie bisher nie bezeichnet. Na das kann ja schön werden, sagte sie sich und machte sich auf einen Sturm im Haus gefasst.

Das, was sie dort erwartete, war aber kein Sturm, sondern ein ausgewachsener Orkan.

Heinz hatte einen Stapel von Fotos in der Hand, die er ihr wütend vor die Füße warf. Notgedrungen musste Paula die Fotos aufheben, um zu sehen, was Heinz so in Rage gebracht hatte.

Zu sehen war ein geräumiges Bett mit total zermuddeltem Bettzeug und irgendwelchen Flecken darauf, letztere sogar in Großaufnahme. Paula konnte sich keinen Reim darauf machen.

„Na, was siehst du da, du Schlampe?"

„Ein zerwühltes Bett."

„Was noch?"

„Irgendwelche Flecken."

„Was noch?"

Erst jetzt sah Paula, dass Unterwäsche am Boden lag und konnte die Frage beantworten: „Eine Unterhose und einen BH."

„Kommen die dir nicht bekannt vor?", sagte Heinz mit schneidender Stimme. „Nein?"

„Nein."

„Na, dann komm gleich mit ins Schlafzimmer. Da werden wir das gleich überprüfen." Heinz ergriff brutal ihre Hand und zog sie gegen ihren Widerstand ins Schlafzimmer.

„Ausziehen!", befahl er. „Alles!"

Was blieb Paula anderes übrig, als zu gehorchen und sich nackt auszuziehen. Sie wollte Heinz, der sowieso schon rot sah, keinen Grund geben, total auszurasten.

„Jetzt knüllst du deine Unterhose und den BH zusammen und wirfst sie hier vor das Bett. So, und nun vergleiche mit den Fotos! Sehen die nicht genau wie deine Dessous-Fetzen aus? Na?"

„Schon", antwortete Paula. „Aber die Dessous werden millionenfach hergestellt. Warum sollten es welche sein, die mir gehören?", wandte Paula kleinlaut ein.

„Weil die Bilder ersichtlich aus dem Schlafzimmer des Pfarrers stammen. Siehst du das Kreuz und seine Promotionsurkunde, die über dem Bett hängen?"

„Ja", antwortete Paula total eingeschüchtert.

„Und wer war die letzte Zeit immer wieder dort? Eine der Millionen anderen Frauen? Halte mich und andere nicht für dämlich. Lies, was auf der Rückseite der Fotos steht! Na? Da steht: ‚Damit du weißt, was deine Frau in der Kirche macht'. Alles klar? Du warst es, die dort war."

Bevor noch Paula irgendeine Erklärung dafür abgeben konnte, fuhr Heinz mit Befehlston fort:

„So, und jetzt werden wir die Szene nachstellen, in der das Bett zermuddelt wurde. Du kannst dich schon ins Bett legen."

Als Paula nicht gleich gehorchte, hob Heinz drohend die geballte Faust. Eingedenk früherer Erlebnisse tat Paula schließlich das, was er von ihr wollte. Heinz zog sich derweil die Hose runter und folgte ihr dann ins Bett.

„So, mein Täubchen, sag mir, wie du es getrieben hast, wie du am Pfarrer deine Affenliebe für Pfaffen ausgelebt hast. (Pf)Affenliebe – pfui Teufel: Jetzt zeige ich dir, wie das ein richtiger Mann macht, nicht so ein halbverschwuchtelter Religionslakai. Also los, spreiz brav die Beine. Sehr brav. Und? Spürst du den Unterschied? Ja? Warte, ich kann es noch besser."

Und Heinz rammelte seine Frau mit voller Brutalität, bis er zum Erguss kam.

Erschöpft ließ er sich neben Paula aufs Bett sinken und sagte nur: „Jetzt brauchst du nicht zu heulen. Das hättest du dir vorher überlegen sollen. Und wenn du es nochmals mit dem Pfarrer treibst, bringe ich euch beide um."

## Kap_15 Ein Brief ohne Folgen

„Bitte, Bruder Lukas, nehmen Sie Platz", empfing der Bischof den Pfarrer. „Danke, dass Sie auf meinen Anruf so rasch hierher gekommen sind."

„Nun es sind ja nur knapp 40 km zu Ihnen, Exzellenz. Das ist mit dem Auto nur ein Weg von einer halben Stunde. Also nichts, wofür man sich extra bedanken müsste. Worum geht es?"

„Um einen Brief ohne Absender, der mir heute Früh zugestellt wurde. Er enthielt einige Fotos. Bitte, schauen Sie sich diese einmal an! Auch die Rückseite."

Der Pfarrer nahm die Bilder zur Hand und pfiff überrascht durch die Zähne. „Dachte ich es mir doch, dass da etwas anderes dahintersteckt."

„Wie bitte?", zeigte sich nun der Bischof uninformiert.

„Nun, Exzellenz, ich muss zur Erklärung ein wenig ausholen. Donnerstagabend kam ich nach Hause und fand meine Wohnung in Unordnung."

„Ein Dieb?", fragte der Bischof, „der Ihre Wohnung nach Beute durchwühlt hat?"

„Nein, nur mein Bett. Es sah aus, als ob darin gekämpft worden wäre. Es sah aus wie ein Schlachtfeld."

„Nun", schmunzelte der Bischof, „es soll Kämpfe geben, die im Bett ausgefochten werden. Für manche Menschen ist das der Ehealltag."

„Bei mir nicht. Darüber hinaus lag die Unterwäsche einer Frau vor meinem Bett."

„Das erklärt noch mehr", schmunzelte der Bischof, „warum das Bett so zerwühlt war."

„Verzeihen Sie, Exzellenz, ich finde das gar nicht zum Schmunzeln. Auf dem Bettlaken waren Flecken zu sehen, die – also ich muss es wohl sagen –

wie Spermaflecken aussahen. Und das in meinem Bett."

„Was taten Sie?", fragte der Bischof weiter. „Wohl das Bettzeug wechseln. Ich würde nicht in einem solch verschmutzten Zeug schlafen wollen."

„Nein. Ich rief die Polizei. Wissen Sie, in Zeiten von #MeToo will ich mir nicht aufgrund solcher abstrusen Indizien später einmal vorwerfen lassen müssen, ich hätte hier Unzucht getrieben. Natürlich habe ich nicht das zerwühlte Bett zur Anzeige gebracht. Die Polizei hätte mich ausgelacht und wäre wohl gar nicht gekommen. Nein, ich habe einen Einbruch gemeldet. Gott wird mir diese Notlüge wohl nicht krumm nehmen."

„Er nicht und auch ich nicht, Bruder Lukas. Erzählen Sie mir, wie es weiterging!"

„Die Polizei ist also mit der Spurensicherung angerückt und untersuchte zunächst die Eingangstür, dann die Tür zur Sakristei. Bei beiden waren keine Einbruchsspuren festzustellen. Sie wollten daraufhin wissen, wer hier Zutritt, also einen Schlüssel hat. Alles nur Menschen, denen ich wohl vertrauen kann. Schließlich nahmen sie das Bettzeug und die Unterwäsche zur Untersuchung im Labor mit."

„Wissen Sie schon das Ergebnis, Bruder Lukas?"

„Ja. Erstens fand man im Bettzeug keine Schamhaare, obgleich die ausgezogene Unterwäsche das vermuten ließe."

„Vielleicht war die Frau rasiert?", scherzte der Bischof.

Der Pfarrer ging darauf nicht ein und setzte fort: „Dafür Haare vom Kopf, wohl weibliche, von Natur aus brünett, aber mit blonden Meschen. Die könnte man wohl unschwer einer kleinen Gruppe von Personen zuordnen."

„Sie doch wohl auch, Bruder Lukas", schmunzelte der Bischof wieder vielsagend. „Sie wissen doch wohl, welche Frauen in Ihrem Bett zu liegen pflegen und ob diese rasiert sind, oder?"

„Bitte, Euer Exzellenz, lassen Sie die Scherze. Mir ist gar nicht danach zumute. Denn nichts weist darauf hin, dass im Bett Sex stattgefunden haben könnte. Die verräterischen Flecken waren kein Sperma, sondern rohes Hühnereiweiß. Wie das dort hinkam, ist eine der ungelösten Fragen. Wer schlürft denn im Bett ein rohes Ei?"

„Noch interessanter ist", setzt der Pfarrer fort, „dass das Unterhöschen offenbar nicht im Hinblick auf kommenden Sex ausgezogen wurde. Das Höschen zeigte keinerlei Urin- oder Stuhlflecken oder sonstige Gebrauchsspuren. Das Höschen war nicht getragen worden, mehr noch: es war noch nie getragen worden. Es war fabriksneu, wie die noch vorhandene Appretur im Labor bewies!"

„Interessant", pflichtete der Bischof bei. „Also könnte auch ein Mann bei Ihnen eingedrungen sein und die Unterwäsche dort platziert haben um eine falsche Fährte zu legen. Das passt aber wieder nicht zu den Frauenhaaren in Ihrem Bett. Wirklich mysteriös."

„Ja und nein", antwortete der Pfarrer. „Die Fotos und deren Beschriftung liefern jedenfalls das Motiv. Irgend jemand will weismachen, dass in meinem Bett Sex stattgefunden hat. Er will mich in Misskredit bringen. Und es muss jemand sein, der Zutritt hat. Aber wer?"

„Die Haushälterin oder der Mesner?", begann der Pfarrer laut zu überlegen. „Unwahrscheinlich. Die Ministranten, die ich letztens ziemlich rügen musste? Auch nicht viel wahrscheinlicher. Eine der beiden Choristinnen? Möglich. Die eifersüchtigen Partner der beiden Frauen? Die am ehesten. Die konnten sich Haare der Partnerin leicht aus deren Kopfbürste besorgen. Die wussten auch, welche Unterwäsche ihre Partnerinnen tragen und hatten darauf Zugriff. Ja, die kämen leicht an diese Pseudobeweisstücke. Aber wie gesagt. Alles nur Indizien, die man so oder so interpretieren kann. Auch die Polizei tappt bisher im Dunkeln. Vielleicht hilft es, wenn Sie, Exzellenz, mir den Brief samt den Fotos mitgeben, damit ich diese Beweisstücke der Polizei übergeben kann."

„Oh", schmunzelte der Bischof schon wieder, „ich soll das Beweismaterial gegen Sie aus der Hand geben? Aber gut. Nehmen Sie es mit."

# Kap_16 Flucht

Paula blieb, nachdem Heinz aufgestanden war und sich draußen weiter betrank, weinend im Bett liegen und hing ihren düsteren Gedanken nach.

War das eine Vergewaltigung gewesen? Konnte man die eigene Frau überhaupt vergewaltigen? Sie erinnerte sich noch dunkel an eine Diskussionssendung im Rundfunk, zumindest an einige Passagen:

Der eine Diskutant sagte damals ‚nein‘, der andere ‚ja‘. Der Erste meinte, dass Geschlechtsverkehr ein immanenter Bestandteil der Institution Ehe ist, also ein Akt, zu dem die Frau – und auch der Mann – ein für alle Mal ihre Zustimmung gegeben haben. In aufrechter Ehe könne es daher keine im Sinne des Gesetzes definierte Vergewaltigung geben. Diese setzt nämlich die Nichtzustimmung voraus, wohingegen die Frau wie der Mann ja ihre generelle Zustimmung für alle Zeit gegeben haben.

Der Andere widersprach mit dem Schwerpunkt auf den Begriff Gewalt. Zu einem gewaltsamen Geschlechtsverkehr habe die Frau nie die Zustimmung gegeben. Vielmehr müsse da immer auch Rücksichtnahme, ja Liebe mit im Spiel sein.

Die Stelle, wo Liebe steht, möge er ihm im Gesetzbuch zeigen und vorlesen, konterte der Erste.

Der Andere tat das aber nicht, sondern wechselte zur Formel, wie sie bei der kirchlichen Trauung gesprochen wird:

*,Nimmst du deine Braut/deinen Bräutigam »XXX«*
*als deine Frau/deinen Mann an und versprichst du,*
*ihr/ihm die Treue zu halten in guten und schlechten*
*Tagen, in Gesundheit und Krankheit, und sie/ihn zu*
*lieben und zu achten und zu ehren, bis dass der Tod*
*euch scheidet? Dann sprich: Ja.'*

Ja, sagte sich Paula. Heinz und ich haben genau
diese Worte gesprochen. Für Heinz war es aber offenbar nur ein Ritual, in dem er sinnentleerte Wort-
hülsen rezitierte. Denn er lebte dieses Versprechen
nicht, hatte es nie gelebt. Von Anfang an war keine
Liebe im Spiel. Wie auch, es war eine Vernunftehe
zugunsten des noch ungeborenen Kindes.

Ja, ich habe mich bemüht eine gute Frau und Mutter zu sein. Aber geliebt habe ich Heinz auch nicht.
Auch ich habe das kirchliche Gelöbnis gebrochen,
von Anfang an. Wie hätte ich auch meinen Verge-
waltiger lieben sollen?

Und nun heute wieder. So kann es nicht weitergehen. Fliehen? Wohin? Wie andere Frauen in ein
Frauenhaus? Das nächste liegt in der Stadt, mehr
als 35 km entfernt. Einen Bus dorthin gibt es jetzt
am Vormittag auch nicht. Den gibt es erst wieder
am Abend für die Berufstätigen. Mit dem Rad?
Möglich. Aber in meinem Zustand bin ich für mich
und alle anderen im Verkehr eine Gefahr. Nein,
auch keine gute Idee.

Aber hierbleiben und so tun, als ob nichts geschehen wäre, als ob Heinz auch Morgen und Übermor-

gen so über mich herfallen darf, das will ich nicht. Nein. Es muss sich etwas ändern. Ich muss mein Leben ändern. Hier und jetzt.

Paula erhob sich von der Stätte ihrer gewaltsamen Begattung, zog sich an und ging, ohne an Heinz ein Wort zu verschwenden, an diesem vorbei hinaus in den Garten. Wie schön es hier heraußen war, wie friedlich, sagte sie sich und zog die frische Luft in ihre Lungen. Das tat gut, das befreite.

„Wo willst du hin, du Pfarrer-Schlampe?", hörte sie Heinz in ihrem Rücken schreien.

,Pfarrer-Schlampe' hatte er gesagt und damit unbeabsichtigt den Pfarrer ins Spiel gebracht. Heinz hatte sie erst so auf die Idee gebracht, was sie tun konnte. Hier und jetzt.

Paula fühlte, ob sie den Kirchenschlüssel in ihrer Rocktasche hatte. Ja. Sehr gut. Ohne Hast, aber zielstrebig, öffnete sie das Gatter und verließ, ohne dieses wieder zu schließen, Haus und Hof. Soll doch Heinz die Hühner wieder einfangen, dachte Paula ein wenig schadenfroh. Schon deutlich leiser hörte sie Heinz nochmals hinter sich brüllen: „Wo willst du hin? Und schließe gefälligst das Gatter!" Aber Paula dachte nicht daran, auch nicht daran, ihm zu antworten.

Kurze Zeit später war sie in der Kirche, sperrte die Tür zur Sakristei auf und diesmal gleich wieder hinter sich zu. Heinz durfte ihr nicht folgen können.

Die Tür zur Wohnung des Pfarrers war wie üblich offen. Zielstrebig ging sie zu dem Bett, das sie ja nun von Fotos her kannte. Anders als auf den Fotos war es nun ordentlich und sauber – würde es aber nicht bleiben.

Denn ohne großes Nachdenken warf sich Paula auf das Bett und ließ ihren Tränen nun ungehemmten Lauf.

‚Warum, oh Gott', sagte sie und blickte auf das Kreuz über dem Bett, ‚hast du so ein Schicksal für mich bestimmt? Warum?'

Und sie meinte Jesus vom Kreuz zu ihr sprechen zu hören: ‚Weil ich euch Menschen den freien Willen und Verstand gegeben habe, zwischen Gut und Böse zu unterscheiden.'

‚Das verstehe ich nicht, Jesus.'

‚Schau. Gäbe es das Böse nicht, gäbe es auch das Gute nicht. Sie sind wie die Seiten ein und derselben Münze. Die kann auch nicht nur aus einer Seite bestehen. Deswegen gibt es auch Himmel und Hölle. Ohne die Existenz der Hölle wüsstest du gar nicht, dass du im Himmel bist.'

‚Ich weiß auch so, dass ich nicht im Himmel bin. Was mir alles im Leben schon an Bösem widerfuhr, beweist es.'

‚Auch mir ist das widerfahren, wie du als gläubige Christin weißt. Dennoch bin ich im Himmel – jetzt zumindest.'

‚Dorthin will ich auch. Aber nicht schon jetzt. Ich werde erst 50.'

‚Wem sagst du das. Ich weiß das. Ich weiß alles. Was geschah und was geschehen wird. Aber ich lasse den Dingen ihren Lauf. Denn sonst hättet ihr Menschen nicht den freien Willen, zu entscheiden. Und, liebe Paula, du hast eben eine Entscheidung getroffen. Verlange aber bitte nicht von mir, dir zu sagen, ob es eine gute Entscheidung ist. Ich greife nicht in euer Leben ein. Auch nicht in deines. Lebe dein Leben getreulich nach den Gesetzen, die euch mein Vater gab. Er wird dereinst darüber befinden und richten, ob du wohlgetan hast.'

## Kap_17 Daheim

Als der Pfarrer am Nachmittag von seinem Besuch beim Bischof nach Hause kam, war er überrascht, dass in seiner Wohnung Licht brannte. Noch mehr, dass er schon wieder ein total durchwühltes Bett vorfand. Diesmal allerdings ohne Reizwäsche davor. Wer war hier und was wollte die Person hier?

Als er in die Küche ging, erhielt er die Antwort. Paula saß am Tisch bei einer Tasse Tee.

„Grüß Gott, Herr Pfarrer – pardon – lieber Bruder Lukas. Darf ich dir auch eine Tasse Tee aufbrühen?"

„Ja bitte, sehr gerne, liebe Paula. Aber was machst du hier? Warum ist mein Bett schon wieder so zerwühlt wie zuletzt? Warst du das?"

Paula hatte sich in gewohnter Folgsamkeit erhoben und eine weitere Tasse Tee aufgebrüht, bevor sie antwortete.

„Ja, aber nur heute war ich die Täterin. Aber ich weiß, dass es schon einmal passiert ist."

„Ja, die Gerüchte verbreiten sich schnell", pflichtete der Pfarrer bei.

„Nein. Daher weiß ich es nicht. Ich weiß es von Fotos, die mein Mann zugeschickt bekam."

„Erzähle!", drängte der Pfarrer. „Das interessiert mich."

„Heute Morgen erhielt Heinz einen Brief, einen, der nur ihm ausgehändigt werden durfte. In diesem waren mehrere Fotos, auf denen ein zerwühltes Bett, ein paar Schmutzflecken am Leintuch im Großformat und Unterwäsche abgebildet war."

„Interessant. Und weiter", zeigte sich der Pfarrer zunehmend ungeduldiger.

„Inzwischen weiß ich, dass es dein Bett ist, lieber Bruder Lukas. Früher, als ich hier probte und tanzte, habe ich niemals dein Schlafzimmer betreten. Glaube mir bitte!"

„Ich glaube dir. Und? Gab es einen Begleitbrief dazu?"

„Nein. Aber auf der Rückseite jedes Fotos stand ein Satz. Ein einziger Satz in Blockbuchstaben: *Damit du weißt, was deine Frau in der Kirche macht.*

„Das hat deinem Mann aber wohl nicht gefallen, oder?"

„Nein. Ganz und gar nicht. Er sah das Ganze als Beweis dafür an, dass ich ihm untreu war – und zwar mit dir, Bruder Lukas, hier in deinem Bett."

„Hat er dich gescholten? Oder gar geschlagen?"

„Schlimmer", stieß Paula hervor und begann zu weinen, in Sturzbächen zu weinen. „Er vergewaltigte mich. Er wollte mir und sich beweisen, dass er nicht nur das alleinige Recht auf meinen Körper hat, sondern … "

„ … sondern?"

„… dass er der weit bessere Rammler ist, als du es als halbverschwuchtelter Religionslakai bist oder je warst. Jedenfalls sagte er das genau mit diesen Worten."

Der Pfarrer schüttelte nur ungläubig sein Haupt. „Woher weiß er, wie ich im Bett bin – besser gesagt: war? Denn das Keuschheitsgelübde legt man nicht schon beim Eintritt in das Priesterseminar ab. Viele meiner Brüder haben in dieser Zeit sexuelle Erfahrungen gemacht. Auch ich. Ich schäme mich nicht dafür. Ich meine sogar, damit meine Mitmenschen in ihren Bedürfnissen und Wünschen, insbesondere auch den sexuellen, nun besser verstehen zu können als ohne diese eigenen Erfahrungen."

„Vor allem verstehe ich nun, dass das Komplott nicht von dir ausging, auch nicht von Heinz", ergänzte Bruder Lukas nach einer kurzen Pause.

„Welches Komplott?", fragte Paula.

„Nun, auch mein Bischof erhielt einen solchen Brief."

Der Pfarrer holte den Brief aus dem Vorzimmer, wo er ihn beim Kommen abgelegt hatte, und setze sich zu Paula an den Küchentisch.

„Hier. Schau ihn dir an!"

Paula brauchte nicht lange zu vergleichen. Bis auf den Adressaten am Briefkopf und in der Beschriftung der Fotorückseiten war er die getreue Kopie des Briefes an Heinz.

„Das bedeutet", fuhr der Pfarrer fort, „dass irgendjemand dir und mir ein Verhältnis unterstellt und dieses gegenüber deinem Mann und meinem Bischof öffentlich machen wollte."

„Aber wir haben doch gar kein Verhältnis", schluchzte Paula, „obgleich Sie ein viel netterer Ehemann als Heinz wären und ich allen Grund für so etwas, und sei es auch nur ein Seitensprung, hätte."

Schon wieder eine Anmache, fragte sich der Pfarrer, schob diesen Gedanken aber gleich beiseite.

„Eben. Daher war es nicht eine Meldung über eine Beobachtung, die jemand zufällig gemacht hat und an die Betroffenen meldet. Nein. Die Indizien für unser Verhältnis wurden von jemandem bewusst konstruiert."

„Wer sollte so etwas tun?", fragte Paula noch immer schluchzend. „Wer hasst dich und mich derart, dass er das macht?"

„Die Frage ist leicht zu beantworten. Ist die hier abgebildete Unterwäsche von der Art, wie du sie trägst?"

„Ja. Ich kann es beweisen. Soll ich mich ausziehen?"

„Nein, bitte nicht. Führe einen Mann Gottes, der dir gerade gestanden hat, in seiner Jugend gegen das Keuschheitsgebot verstoßen zu haben, nicht in Versuchung. Ich glaube es dir auch so."

„Bleibt die Frage", fuhr der Pfarrer fort, „wer außer dir und deinem Mann noch wusste, welche Unterwäsche du trägst. Der oder die hat dieses Komplott geschmiedet. Na, eine Idee?"

„Agnes", antwortete Paula ohne zu zögern. „Nur sie. Aber warum? Sie ist meine beste Freundin, seit Kindertagen schon. Warum? Warum?"

„Vielleicht wollte sie mehr mir als dir schaden. Eifersüchtige Frauen können sogar zu Mörderinnen werden. Dazu muss ich dir etwas erzählen, das du nicht weitererzählen darfst. Niemandem! Diesmal aber wirklich, nicht so wie letztens, als du das Geheimnis deiner Gesangübungen in meinem Wohnzimmer ausgeplaudert hast. Kann ich mich darauf verlassen?"

„Ja, Ehrenwort", sagte Paula und nahm sich fest vor, in Zukunft nicht vorschnell unbedachte Antworten zu geben.

„Agnes hat, so wie du, auch heimlich hier geprobt. Wie du bekam sie einen Schlüssel zur Kirche und damit auch zur Sakristei. Eines schönen Tages kam ich heim und fand sie singend vor, nur mit ihrer Unterwäsche bekleidet. Nur damit du siehst, dass wir Männer der Kirche auch nicht blind sind für weibliche Reize. Sie trägt eine andere Unterwäsche als du, sehr viel durchsichtiger und daher aufreizender. Sie sagte, dass ihre nur notdürftige Bekleidung der Hitze geschuldet wäre. Und ich verstand dies zunächst auch. Aber als sie sich gegen meinen ausdrücklichen Wunsch partout nichts drüber ziehen wollte und schließlich mit einem betörenden Blick ihre Arme um meinen Hals schlang, war für mich klar, wohin die Reise gehen sollte. Nämlich in das Bett, das du eben zerwühlt hast."

„Jetzt weiß ich, warum ich Verschwiegenheit geloben musste. Keine Sorge, lieber Bruder Lukas. Niemand wird von deinem Fehltritt je erfahren!"

„Du hast mich missverstanden, liebe Paula. Es gab keinen Fehltritt! Ich habe nein gesagt und sie heimgeschickt."

„Tatsächlich? Du bist wirklich ein Mann mit festem Charakter. Ganz anders als mein Heinz. Schade, dass ich dich nicht kennenlernte, bevor du dein Gelübde abgelegt hast. Vielleicht hätte ich dich davon abhalten können."

„Du kannst ja wieder scherzen", sagte der Pfarrer erfreut, dass Paulas Weinen endlich aufgehört hatte.

„Zusammengefasst heißt das: Agnes hatte mit ihrem Schlüssel Zugang zum Tatort. Sie hatte ein Motiv: Rache dafür, dass ich sie verschmähte. Vielleicht auch Eifersucht auf dich, weil sie meinte, dass du erfolgreicher warst mich rumzukriegen. Die nötigen Informationen zur Fälschung der Beweismittel hatte sie auch. Nur sie wusste um deine Unterwäsche Bescheid."

„… und hat sich", ergänzte Paula, „dessen noch vergewissert. Sie brachte mir nämlich unter dem Vorwand, zu Hause auszumisten, ein ungeöffnetes Päckchen dieser Unterwäsche. Ihre Frage, ob mir diese noch passt und ich sie wie früher verwende, diente nur dazu, das sicherzustellen. Anders hätte Heinz ja nicht so reagiert, wie er reagierte."

„Wusste sie, wie Heinz reagieren würde?"

„Wissen nicht, aber vermuten konnte sie es wohl schon. Sie weiß, dass er unter Alkoholeinfluss ein Gewalttäter ist, der mich schon vergewaltigt hat. Insofern war es vielleicht nicht beabsichtigt, aber durchaus als möglich einkalkuliert."

„Schrecklich. Und ich muss solchen Menschen die Absolution erteilen."

„Musst du doch nur, wenn der Mensch echte Reue zeigt, Buße tut", widersprach Paula.

„Ja. Aber wenn Agnes mir kommenden Sonntag alles im Beichtstuhl gesteht, müsste ich es dann fürderhin für mich behalten, obgleich ich doch inzwischen weiß, was wie warum passierte. Die Schweigepflicht ist absolut. Auf diesem Weg können Kriminelle uns Geistliche, die zufällig Zeugen einer Straftat wurden, mundtot machen. So hat es mir ein hochrangiger Jurist erklärt. Ob es stimmt, weiß ich nicht. Die Juristen sind sich in der Beurteilung von Sachverhalten ja häufig nicht einig, wie einander völlig widersprechende Urteile immer wieder beweisen."

„Aber jetzt zu dir. Willst du wieder nach Hause zu Heinz gehen? Ich halte das in deiner Situation für gefährlich, sogar lebensgefährlich. Ich glaube, du solltest hier bleiben, jedenfalls für diese Nacht. Fühl dich hier wie – nein besser als – daheim."

„Oh, der Himmel wird es dir danken, lieber Bruder Lukas. Ich traute mich das nicht zu fragen, obwohl es nichts sehnlicher gibt, was ich mir im Moment wünsche. Hier in Frieden und Sicherheit einen Unterschlupf zu haben."

„Gut. Dann kannst du das Bett, das du ja schon begonnen hast zu zerwühlen, gleich für heute Nacht benützen. Ich schlafe wie schon letzten Donnerstag, als das Bett das erste Mal zerwühlt wurde, draußen auf der Sitzbank."

„Aber jetzt", fuhr der Pfarrer fort, „wird erst einmal Nachtmahl gegessen. Mal sehen, was der Kühlschrank für uns zwei bietet. Komm her, ich beiße nicht, und hilf mir beim Auswählen und Herrichten."

Und so erlebte Paula das erste Mal seit 32 Jahren, dass nicht sie allein, sondern zwei Menschen gemeinsam ein Nachtmahl richteten und ohne Alkohol zu sich nahmen. Ein völlig neues, wunderbares Lebensgefühl, sagte sie sich. Wie nah doch Gut und Böse, Himmel und Hölle beieinander liegen. Nicht einmal zehn Stunden liegen dazwischen.

## Kap_18 Sündige Liebe?

Nach dem Essen gingen Paula und der Pfarrer bald zu Bett, genauer, er zur Sitzbank.

Die Sitzbank war fürs Schlafen nicht gedacht und gebaut. Sie war schmal und hart gefedert. Daher war das Liegen dort sehr unbequem, sodass der Pfarrer lange wach lag.

Was wohl gerade durch Paulas Kopf geht, fragte er sich. Dass sie nach einer Vergewaltigung einfach sofort einschlief, konnte er nicht glauben. Wahrscheinlich liegt sie so wie ich wach und lässt die schrecklichen Ereignisse des letzten Tages an sich Revue passieren.

Er hatte mit seiner Einschätzung Recht.

Paula lag auch wach im Bett, obgleich dieses viel bequemer war als das zu Hause. Weich gepolstert und vor allem mit ungleich mehr Platz durch seine Überbreite. Dennoch konnte sie nicht einschlafen.

Nicht, dass ihr Heinz abging. Zu dem durfte sie sich nie hinkuscheln. Das wollte er nicht. Wenn er Sex brauchte, holte er ihn sich. Alles andere war ihm nicht wichtig, ja lästig. Weibergetue, sagte er immer abfällig.

Aber nach der Vergewaltigung sehnte sich ihre Seele nach Zuspruch, nach Streicheleinheiten, nach Wärme und Geborgenheit. Wie schön war es in der Kindheit gewesen, sich zu Mama unter die Decke flüchten zu können, wenn böse Träume einen quälten.

Auch jetzt quälten sie Albträume, nur schlief sie nicht, sondern war hellwach. Wo sollte sie sich jetzt hinflüchten?

Paula fasste einen Entschluss. Auf Zehenspitzen schlich sie leise ins Wohnzimmer und blickte auf den Pfarrer.

„Oh, Paula. Was willst du hier?", fragte der leise.

„Sehen, ob wenigstes du schläfst", war Paulas Antwort.

„Leider nein. In meinem Kopf geistern noch all die Ereignisse des heutigen Tages. Immerhin war es kein Tag wie jeder andere."

„Mir geht es genauso. Immer wieder holen mich die schrecklichen Ereignisse des Vormittags ein. Früher, in meiner Kindheit, konnte ich mich an den warmen Körper meiner Mutter ankuscheln. Das nahm mir alle Ängste und dunklen Gedanken. Heute habe ich niemanden."

Und nach einer langen Pause fuhr Paula fort. „Darf ich dich bitten, lieber Bruder Lukas, zu mir in mein – falsch: dein – Bett zu kommen. Das ist für dich sicher viel bequemer als hier auf der schmalen Sitzbank zu liegen."

„Das stimmt", pflichtete der Pfarrer bei. „Gut. Aber in aller Sittlichkeit."

„An dich ankuscheln darf ich mich aber schon, oder?"

„Meinetwegen. Das wird ohnehin unvermeidlich sein, weil das Bett nur 1,40 m breit ist."

Und so geschah es. Der Pfarrer übersiedelte in sein angestammtes Bett.

„Wo soll ich mich hinlegen?", fragte Paula. „Links oder rechts von dir?"

„Egal", antworte der Pfarrer. „Wie du es gewohnt bist zu liegen. Ich bin es sowieso nicht gewohnt, dass jemand neben mir liegt."

„Das ist nicht egal", antworte Paula wie ein Back-fisch kichernd. „Das entscheidet, ob wir verheiratet oder verlobt sind."

„Was ist denn das für Blödsinn?", wollte der Pfar-rer das Thema beenden.

„Kein Blödsinn!", beharrte Paula. „An welcher Hand trägt man den Ehering?"

„Rechts. Jedenfalls bei uns", antwortete der Pfarrer aus der Erfahrung vieler Hochzeiten in jener Kir-che, wo er Kaplan war.

„Eben. Und den Verlobungsring trägt man daher auf der anderen Hand, also bei uns links", frohlock-te Paula ein wenig rechthaberisch. „Konsequenter-weise sollte man daher auch so im Ehebett liegen."

„Nein, denn als Verlobte sollte man noch gar nicht im Ehebett liegen", widersprach der Pfarrer.

„Gut, ich verbessere mich von Ehebett auf Doppel-bett wie hier. Wo also soll ich mich hinlegen?"

Als der Pfarrer keine Antwort gab, entschied sich Paula für die Seite, wo üblicherweise die Ehefrau liegt und begründete das auch gleich. „Ich bin ver-heiratet. Also muss ich hier liegen. Bei dir als Un-verheirateten wäre es egal."

Paula schmiegte sich an den Pfarrer, wobei sie den rechten Unterarm auf seinem Brustkorb und die rechte Hand auf seine linke Schulter legte. Kurz darauf war sie eingeschlafen. Obgleich sich der

Pfarrer ungewohnt beengt fühlte, schlief auch er bald ein. Aber nicht für lange.

Paula krampfte immer wieder ihre Hand an seiner Schulter schmerzhaft zusammen, atmete schwer und stieß immer wieder Wortfetzen wie ‚bitte nicht', ‚du tust mir weh' hervor. Sie träumte unverkennbar von Situationen, in der ihr Leid angetan wurde. Schließlich entschied sich der Pfarrer, sie sanft am Kopf zu streicheln, um sie so zu beruhigen. Aber es half nicht. Schließlich beugte er sich zu ihrem Gesicht und begann es erst zu streicheln, dann zu küssen, sanft und zärtlich.

Irgendwann war Paula dabei aufgewacht, hatte es sich aber nicht anmerken lassen. Zu schön war das, was sie gerade erleben durfte. Ganz anders als in ihrer Ehe oder gar in den Albträumen, die sie gerade durchlebt hatte. Schließlich aber löste sie ihre Hand von der Schulter des Pfarrers und drängte damit den Kopf des Pfarrers in eine Lage, wo sich ihre Lippen berührten. Paula ließ sich nicht davon beirren, dass der Pfarrer dabei erstarrte. Mit der Hingebung einer nach Zärtlichkeit ausgehungerten Frau ließ sie nicht ab, an seinen Lippen zu knabbern und schließlich auch ihre Zunge ins Spiel zu bringen. Irgendwann war der Widerstand des Pfarrers gebrochen. Seine Zunge erwiderte die Besuche mit Gegenbesuchen in Paulas Mundhöhle.

Paula konnte so ihre Hand vom Kopf des Pfarrers lösen und begann, die mit leichtem Flaum bedeckte

Brust des Pfarrers zu kraulen. Dann rutschte ihre Hand tiefer, umkreiste den Nabel mehrmals in immer weiteren Kreisen, bis sie schließlich die Schambehaarung erreicht hatte. Der Pfarrer stöhnte unüberhörbar, ließ aber nicht ab, Paula weiterhin mit seiner Zunge aufzureizen, ja hatte seine diesbezüglichen Anstrengungen vervielfacht.

Paula nahm das als Zeichen des Einverständnisses, mit ihrer Hand noch tiefer zu gehen und zuzugreifen. Was sie hier fühlte, ließ ihre Erregung ins Unendliche steigen. Wie hatte Heinz gesagt: ‚Lass es dir von einem richtigen Mann machen, nicht von so einem halbverschwuchtelten Religionslakaien.‘ Wenn der wüsste. Sie jedenfalls hatte bisher keine Ahnung gehabt, was ein richtiger Mann an dieser Stelle auf die Waagschale bringen kann.

Paula schob die Unterhose des Pfarrers ein wenig hinunter, während sie sich aufrichtete und rittlings auf den Pfarrer setzte. Mit der Übung einer langgedienten Ehefrau schob sie dann mit einer Hand ihre Unterhose ein wenig zur Seite und lenkte mit der anderen den riesigen Phallus des Pfarrers in ihren Schoß. Langsam begann sie mit ihrem Becken zu kreisen. Ganz langsam, denn sie wollte das ungeahnte Hochgefühl möglichst lange genießen. Der Pfarrer lag mit geschlossenen Augen da und ließ geschehen. Um seinen Genuss zu erhöhen, begann Paula gleichzeitig sein Skrotum sanft zu streicheln und erhöhte die Umdrehungszahl. Schließlich bewegte sie ihren Körper auf und ab, immer schneller. Sie spürte, dass sie gleich kommen würde. Etwas, was sie bei Heinz höchst selten erlebte. Auch der Pfarrer atmete immer heftiger, sein Oberkörper bäumte sich schließlich auf, während sein Glied in konvulsivische Zuckungen verfiel, die schließlich auch bei Paula den Orgasmus endgültig auslösten.

Ermattet, aber unendlich glücklich glitt Paula vom Pfarrer und schmiegte sich an ihn, während ihre Hand in einem fort sein Gesicht streichelte. Irgendwann schlief Paula dabei ein, ohne wieder von Albträumen heimgesucht zu werden.

Der Pfarrer hingegen lag noch länger wach. Wegen der Beengtheit, nicht wegen Gewissensbissen. Dafür habe ich morgen noch genug Zeit, sagte er sich und schlief schließlich auch erschöpft ein.

## Kap_19 Was nun?

Paula erwachte als erste und musste sich erst in der neuen, ungewohnten Umgebung zurechtfinden. War es ein Traum gewesen? Nein, kein Traum. Es war real gewesen. Aber doch ein Traum. Ein Traum in der Bedeutung von traumhaft schön. Wie die Sprache doch ungenau und missverständlich ist.

Real gesehen war es ein Beischlaf, im eigentlichen Sinn des Wortes, nicht nur im juristischen. Nicht nur der Geschlechtsakt als solcher wurde vollzogen, sondern darüber hinaus ein gemeinsamer Schlaf. Eng beisammen, eben ein Beischlaf.

Bei Heinz war das immer anders gewesen. Nach dem Geschlechtsakt hatten sie nebeneinander, nicht beieinander geschlafen. Was habe ich nur all die Jahre mit Heinz versäumt. Aber jetzt ist Schluss. Nach der letzten Vergewaltigung gibt es kein Zurück mehr, kein Leben mit Heinz. Nie wieder.

Aber wie sieht das Vorwärts aus? Paula betrachtete zärtlich das Gesicht des neben ihr schlafenden Mannes. Ein schönes, edles Gesicht, männlich aber doch voller Weichheit und Güte. Warum hast du dich der Kirche verschrieben, lieber Lukas, und nicht uns Frauen? Männer wie dich suchen wir, brauchen wir! Brauche ich!

Paula irrte mit ihren Gedanken zu einem uralten männerfeindlichen Witz ab, der aber wie alle Witze ein Körnchen Wahrheit ausspricht:

*Was haben Männer und WC-Anlagen gemeinsam?*

*Die, die in Ordnung sind, sind stets besetzt.*

Wie wahr. Lukas war besetzt. Er hatte mit Gott, mit der Kirche einen Bund geschlossen. Und zwar unauflöslich.

Ich habe auch einen Bund geschlossen, mit Heinz. Aber der ist Gott sei Dank nicht unauflöslich. Für die Kirche, ja. Für den Staat nicht. Aber selbst wenn ich mich scheiden lasse, bleibt Lukas für mich unerreichbar.

Wieder blickte Paula so wie gestern zum Kreuz, das über dem Bett hängt, und fragt den Gekreuzigten.

,Warum hast du mich heute Nacht erleben lassen, wie unendlich schön Sex sein kann, zärtliche Hingabe an einen Menschen. Viel schöner als alles bisher! Warum, wenn es bei diesem einen Mal bleiben muss? Warum?'

Und wieder meinte Paula, eine Antwort zu hören: ,Ich sagte dir gestern schon, dass ich euch den freien Willen gab und die Möglichkeit, zwischen Gut und Böse zu unterscheiden. Du und Lukas habt euch gestern in der bekannten Weise entschieden. Ich habe euch zugesehen und eure Zuneigung, ja Liebe erlebt. Ich bin schließlich die Liebe. Aber beklage dich nun nicht. Es war eure Entscheidung!'

,Was soll ich nun tun? Gib mir einen Wink, mein Herr!'

,Frag meine Mutter. Heute ist die letzte Maiandacht. Ich weiß, dass du diese mitfeierst. Heute hast du die Gelegenheit, mit ihr zu sprechen. Tue es!'


Wenig später erwachte der Pfarrer. Auch er musste sich erst orientieren. Nicht im Raum, aber im Vorhandensein von Paula, die nur mit ihrer Unterwäsche bekleidet neben ihm im Bett saß.

„Guten Morgen, mein lieber Bruder Lukas", begrüßte Paula den Pfarrer. „Danke, dass du gestern zu mir ins Bett kamst und mich von meinen Albträumen befreit hast."

„Hab ich das?", brummte der Pfarrer. „Das freut mich – auch wenn daraus nun allerhand Probleme erwachsen."

„Für mich nicht", antwortete Paula keck. „Ich gehe heute Abend vor der Maiandacht bei dir beichten. Dann bin ich die Sünden der heutigen Nacht los. Andere habe ich nicht."

„So einfach geht das nicht", stieg der Pfarrer auf ihr keckes Spiel ein. „Ich kann dich von deinen Sünden nur lossprechen, wenn du ehrlich bereust, wenn du also jeden Gedanken einer Wiederholung der heutigen Nacht abschwörst."

„Das will ich aber nicht", sagte Paula plötzlich sehr ernst und mit Nachdruck. „Er war einfach zu schön, als dass ich das einfach aus meiner Wunschliste streiche. Wie ist das mit dir?"

„Auch ich müsste beichten, bei einem Kollegen. Aber auch der kann mir nur bei ehrlicher Reue und gutem Vorsatz die Absolution erteilen."

„Das war aber nur eine Teilantwort. Willst du keine Wiederholung der heutigen Nacht?"

Paula sah, wie der Pfarrer mit sich rang, bis er endlich antwortete. „Ich weiß es nicht. Ich kämpfe gerade einen schwierigen Kampf mit dem Teufel. Lass mir bitte Zeit, bis ich diese wunderbare – ich wiederhole: wunderbare – Nacht verdaut habe.

Vielleicht weiß ich bis zur heutigen Maiandacht und Chorprobe mehr."

„Jetzt lass uns duschen und anziehen und gemeinsam ein Frühstück bereiten. Ich habe einen Bärenhunger."

„Ich auch. Das bestätigt, was man oft hört: Dass man nach gutem Sex hungrig ist. Ein Bärenhunger ist also ein untrüglicher Beweis für die außergewöhnliche Qualität unseres gestrigen Zusammenseins."

## Kap_20 Letzte Maiandacht

Paula hatte ihre Ankündigung, zur Beichte zu kommen, nicht wahrgemacht. Der Pfarrer war mehr als glücklich über diese ihre Entscheidung. Er hätte sich bei der Angelegenheit nicht wohlgefühlt.

Stattdessen hatte Paula schon 10 Minuten vor Beginn der Andacht in der Marienkapelle Platz genommen.

‚Heilige Maria, Mutter Gottes. Dein Sohn schickt mich zu dir. Ich brauche deinen Rat und deine Hilfe.'

‚Ich weiß. Mein Sohn hat mich schon unterrichtet.'

‚Bisher schickte ich mich in mein schweres Schicksal, trug mein Kreuz. Aber was gestern Vormittag geschah, übersteigt meine schwachen Kräfte. Ich kann nicht mehr mit meinem Peiniger zusammenleben.'

‚Du kannst es, aber du willst es nicht mehr. Das ist ein gewaltiger Unterschied. Aber ich verstehe dich nur allzu gut.'

‚Dann wirst du auch verstehen, dass ich mich von ihm trennen will.'

‚Ja, den Wunsch verstehe ich.'

‚Dann verstoße ich nicht gegen Gottes Willen?'

‚Gottes Wille ist unerforschlich, liebe Paula. Wogegen du verstößt, ist dein Eheversprechen.'

‚Wieso? Ich habe nicht vor mich scheiden zu lassen – jedenfalls im Moment nicht.'

‚Aber hast du nicht versprochen, *einander zu achten und zu lieben, in guten wie in schlechten Tagen?* Jetzt sind eben schlechte Tage.'

‚Heilige Maria, du weißt, dass es bisher nur schlechte Tage gegeben hat in meiner Ehe. Seit der gestrigen Nacht kenne ich den Unterschied.'

‚Wirklich nur schlechte? Hat dir dein Mann nicht zwei Kinder geschenkt, die du liebst? Diese Tage waren wohl keine schlechten Tage.'

‚Doch, das waren sie, wenn ich daran zurückdenke, auf welche Art und Weise er mir die beiden Kinder geschenkt hat. Nein. Mein Leben war bisher Heulen und Zähneknirschen. Die Hölle auf Erden.'

‚Versündige dich nicht. Es gibt viele andere Menschen, denen es noch viel schlechter ging.'

‚Ich sehe schon, du willst mich nicht verstehen, mir keinen Trost schenken.'

‚Wenn es dich tröstet, zitiere ich einen weiteren Teil eures Eheversprechens nochmals: ‚bis der Tod euch scheidet'. Dein Leidensweg wird also nicht ewig dauern.'

Paula musste das Zwiegespräch beenden, weil inzwischen einige andere Frauen zur Maiandacht gekommen waren. Auch Agnes. Vielleicht wollten auch diese mit der Gottesmutter sprechen.

Kurze Zeit später erschien der Pfarrer und zelebrierte in gewohnter Manier die Maiandacht.

„Das ist die letzte Maiandacht im heurigen Jahr", sagte er schließlich. „Ich danke euch für euer Kommen und hoffe, euch alle nächstes Jahr auch wieder hier begrüßen zu dürfen."

Anders als sonst entließ er die Frauen nicht mit einem Segen und verschwand in der Sakristei, sondern stieg vom Altar herunter und reichte jeder der Frauen die Hand. Auch Paula. Dabei sah er sie so liebevoll an, dass Paula fast die Tränen in die Augen schossen. Hoffentlich hat das niemand bemerkt, dachte sie.

Zuletzt drückte er Agnes die Hand, ohne ihr allerdings in die Augen zu blicken. Jedenfalls meinte Paula, das so gesehen zu haben.

Nach einer kurzen Pause ging es zur Chorprobe. Diesmal wurde das für die Hochzeit bestellte Stück das erste Mal gesungen. Die Choraufstellung wurde demgemäß ein wenig verändert. Wie üblich stand der Sopran – vom Leiter aus gesehen – links, der Alt rechts. Tenöre und Bässe gab es mangels Männern ja nicht.

„Bitte, lieber Sopran und Alt. Rückt in der Mitte ein wenig auseinander. Dort stellt sich jetzt bitte Paula als dritte Stimme hin. Ja, komm bitte noch zwei Schritte nach vor. Sehr gut. So, und jetzt singt einmal jede Stimme ihren Part allein."

Der Pfarrer zückte seine altmodische Stimmgabel, schlug damit auf sein Handgelenk und hielt sie ans Ohr. „Mmmm", summte er dann einen davon abgeleiteten Ton, den die Damen des Soprans nachsummten. Dann kam der Einsatz und die harte Arbeit des Probens begann. Nach fünf Minuten war der Alt dran, weitere fünf Minuten später Paula. Der Pfarrer sah ihr aufmunternd und voller Zärtlichkeit in die Augen und Paula sang, wie sie noch nie gesungen hatte. Sie sang für ihn, nur für ihn.

Agnes stand nicht weit daneben und verfolgte das Geschehen eifersüchtig. Kaum war Paula mit ihrem Solo fertig, wandte sie sich an den Pfarrer. „Bruder Lukas, sollte ich als Substitutin nicht auch diesen Part einmal singen?"

„Eine gute Idee", antwortet der Pfarrer. „Vielleicht wissen es noch nicht alle hier im Chor. Agnes war so lieb, sich als Ersatz für Paula anzubieten, und hat sich die Mühe gemacht, neben ihrer Sopranstimme auch die Solostimme zu erlernen. Vielen Dank!"

Der Pfarrer klatschte demonstrativ. Einige Frauen schlossen sich dem an.

Paula war überrascht, wie beherrscht Bruder Lukas die Situation meisterte. Immerhin weiß er, was Agnes ihm und mir angetan hat. Aber er ließ sich nichts anmerken.

„Bitte, Paula, lass Agnes deinen Platz einnehmen."

Dann summte er wieder den Anfangston und gab den Einsatz. Und auch Agnes sang, was das Zeug hielt. Ja, auch sie war eine gute Sängerin, musste Paula neidlos zugestehen. Aber leider kein guter Mensch.

Dann wurde noch einmal das Standardrepertoire durchgesungen. Danach war Schluss.

Für alle – außer Agnes und Paula. Diese bat der Pfarrer noch kurz zu bleiben.

„Ihr habt beide wunderbar gesungen", lobte der Pfarrer. „Es wird eine wirklich schöne Hochzeit werden. Aber deswegen habe ich euch nicht zurückgehalten. Ich bekomme noch etwas von euch."

„Was?", fragte Agnes zurück.

„Die Kirchenschlüssel. Ich habe doch beim Einsingen am Sonntag darum gebeten."

„Ach ja", antwortete Agnes, kramte in ihrer Handtasche und gab ihm den Schlüssel.

Auch Paula kramte danach, fand ihn aber nicht gleich.

„Könnte sein, dass du ihn vielleicht noch brauchst, liebe Paula?", ätzte Agnes.

„Ja, könnte sein", antwortete der Pfarrer für sie. „Aber das wissen wir alle hier nicht."

Inzwischen hatte Paula doch den Schlüssel gefunden und dem Pfarrer gegeben. Danach stand Paula unschlüssig da, was sie nun tun solle.

Agnes sprach sie an: „Na, gehst du gar nicht nach Hause?"

„Doch, gleich. Geh nur vor. Ich komme dann nach."

In Wahrheit wusste sie nicht, wohin sie gehen soll. Wo war jetzt ihr Zuhause? Bei Heinz oder bei Lukas.

Der Pfarrer nahm ihr die Entscheidung ab. „Geh schon vor. Die Sakristei ist noch offen. Ich komme gleich nach."


## Kap_21 Heinz

Paula ging also in die Wohnung des Pfarrers vor. Plötzlich klopfte es an der Eingangstür. Nicht an der zur Sakristei, sondern der zur Straße hin. Eigenartig, dachte sie sich. Bruder Lukas war das sicher nicht. Der würde auch durch die Sakristei kommen.

Daher legte sie die Sicherheitskette vor, bevor sie die Tür einen Spalt weit öffnete. Mehr war eh nicht möglich. Draußen stand Heinz.

„Wann gedenkt mein Täubchen wieder zu ihrem Heinzi zurückzukehren?"

„Wozu?"

„Nun, es wartet jede Menge Arbeit. Die Futterschalen der Hühner und die Wassertränken gehören wieder befüllt, der Maikönig im Garten wächst schon fast durch, die Erdbeeren verfaulen oder werden von Schnecken gefressen. Auch die Bienenstöcke gehören wieder umgestellt. Die Akazienblüte steht vor der Tür."

„Dann mach es diesmal du. Es ist ja genauso dein Haus und dein Hof wie meiner."

„Das geht nicht, Täubchen. Wie du weißt, bin ich aus gesundheitlichen Gründen in Frührente und nicht arbeitsfähig. Amtsärztlich bescheinigt!"

„Einen Schmarren bist du arbeitsunfähig. Du willst nur nicht. Und krank bist du auch nicht wirklich, außer alkoholkrank. Aber das reicht ja heute, um die Faulenzer, Süchtler und sonstiges Gesindel auf Kosten der Krankenkassen, sprich der Allgemeinheit, auszuhalten. Geh heim und mach ein paar Tage meine Arbeit. Vielleicht läutert das dich und dein von Alkohol umnebeltes Gehirn, sodass es auf bessere Gedanken kommt, als die eigene Ehefrau zu vergewaltigen. Geh heim, du Bestie und komm erst wieder, wenn du ein anderer Mensch geworden bist. Vorher will ich dich nicht mehr sehen, nie mehr."

Heinz war perplex. So hatte er seine Paula noch nie reden gehört. Immer war sie geduldig, folgsam und handzahm gewesen. Woher plötzlich dieser Umschwung?

„Du hast dich verändert, mein Täubchen. Wer oder was machte das? Vielleicht der nette junge Herr Pfarrer, bei dem du jetzt offenbar wohnst und mit dem du wohl auch schläfst?"

„Vielleicht. Und wenn es so wäre?"

„Dann müsste ich dem lieben Herrn Pfarrer wohl mit einer Klage wegen Ehestörung oder irgendetwas in der Richtung drohen. Kostet mich nicht einmal etwas, weil ich Verfahrenshilfe bekomme. Immerhin bist du meine Frau und darfst ohne meine Erlaubnis weder woanders hinziehen noch einen Beruf annehmen."

„Darf ich mich einmischen", hörte Paula draußen die Stimme des Pfarrers.

„Zunächst darf ich Ihre letzte Ausführung, Herr Schmidt, juristisch korrigieren. Das, was Sie sagten, war vielleicht zu der Zeit, als Sie heirateten, richtig. Aber das stimmt schon lange nicht mehr."

„Zweitens: Was soll die Drohung mit Ehestörung. An Ihrer Stelle würde ich mir Gedanken machen, wie Sie auf eine Anzeige Ihrer Frau wegen Vergewaltigung reagieren würden."

„Drittens befreit Sie Ihre Frührente nicht davon, die notwendigen Erledigungen des täglichen Lebens auszuführen. Hühner füttern oder Wasser nachfüllen ist keine Arbeit, die man Ihnen nicht zumuten kann. Zudem sind Sie als Ehemann zur Mithilfe gesetzlich verpflichtet."

„So, und jetzt verziehen Sie sich und lassen Ihre Frau in Ruhe. Diese bleibt im Moment hier. Sicher ist sicher!"

„Damit Sie mit ihr hier ungestört herumficken können? Fraglich, ob Sie ihn überhaupt hoch-kriegen würden, Hochwürden?" Heinz lachte über seinen vermeintlichen Wortwitz zu ‚hoch‘ und ‚würden‘.

„Gehen Sie jetzt, sonst hau ich Ihnen noch eine auf Ihre Fresse", hörte Paula den Pfarrer ungewohnt ungehobelt mit einer Entschlossenheit und Kraft sagen, die sogar ihr Angst machte.

Auch bei Heinz hatte die Drohung ihre Wirkung nicht verfehlt. Fluchend stolperte er wieder in Richtung Heimat.

Sekunden später bat der Pfarrer Paula, die Tür zu schließen und die Sicherheitskette wieder abzunehmen. Sonst könne er nicht öffnen. Die Gefahr sei ja schließlich vorbei.

Kaum stand der Pfarrer im Haus und hatte die Tür geschlossen, fiel ihm Paula um den Hals. „Danke, dass ich weiterhin bei dir bleiben kann."

Bruder Lukas befreite sich vorsichtig. „Ich habe noch keine Entscheidung getroffen, außer die, dass du vorläufig hier bleiben kannst. Hier bist du in Sicherheit. Alles andere wird sich noch weisen."

„Dann muss ich aber Kleidung und Toiletteartikel aus unserem Haus holen."

„Gut, dann gehen wir das holen. Allein gehst du mir aber nicht dorthin."


Kurze Zeit später kamen Paula und der Pfarrer bei Paulas Haus an. Heinz sah sie kommen und kam an das Gatter. „Oh, schon genug von meinem Täubchen, Hochwürden? Bringen Sie mir meine Frau zurück? Bitte einzutreten. Nicht Sie. Nur Paula."

Der Pfarrer kümmerte sich nicht darum, schob den schmächtigen und nur unsicher auf den Beinen stehenden Heinz mit einer einzigen Armbewegung zur Seite und betrat nach Paula das Haus.

Im Hintergrund kreischte Heinz irgendetwas von Hausfriedensbruch. Paula ließ sich davon nicht stören und packte in eine kleine Tasche ein, was sie für ein paar Tage benötigt. Wie sagte der Pfarrer? Es handelt sich um eine vorübergehende Maßnahme. Für ihn vielleicht. Für Paula stand fest, dass sie nie wieder mit Heinz unter einem Dach leben würde. Denn dass der sich ändern würde, war so wahrscheinlich wie vom Blitz getroffen zu werden.

Als Paula mit der fertig gepackten Tasche herauskam, wandte sie sich nochmals an ihren Mann Heinz.

„Ab morgen in der Früh komme ich täglich wieder, um mich um die Hühner, die Pflanzen und die Bienen zu kümmern. Ich verdiene schließlich mit ihnen mein Geld."

„Hält dich der Herr Pfarrer gar nicht aus? Mit so einem Knauser hast du dich eingelassen?"

Paula und auch der Pfarrer ließen sich nicht provozieren. „Allerdings werde ich nicht mehr das Haus betreten. Und wenn du mich, wie letztes Mal, mit Gewalt hineinziehen willst, werde ich schreien, dass das ganze Dorf zusammenläuft. Also sei friedlich und froh, dass ich die Arbeit hier im Garten und dem angrenzenden Feld erledigen werde. Um das Kochen, das nötige Brennholz und um deine Wäsche musst du dich in Zukunft selbst kümmern. Und Sex mit mir kannst du dir natürlich auch abschminken."

## Kap_22 Schwanger?

Was für ein paar Tage angedacht war, wurde inzwischen zu fast drei Wochen. Paula ging täglich wie angekündigt ihrer Arbeit nach. Frühmorgens stand sie auf, meist schon vor Lukas. Längst ließ sie den Bruder davor weg. Sie störte ihn nicht in seinem Schlaf, weil sie getrennt schliefen. Lukas auf einem Feldbett im Wohnzimmer, sie in seinem wunderbar breiten und weichen Bett.

Auch zu Sex war es seit der besagten Nacht nicht mehr gekommen. Mehr als Küsse, innige Küsse, waren nicht drinnen. Paula bedauerte das aus tiefstem Herzen, aber akzeptierte. Sie wollte Lukas das Herz nicht schwer machen. Man konnte ihm ansehen, welche inneren Kämpfe er gerade mit sich ausfocht.

Und dann blieb die Regel aus. Obwohl schon fast 50 Jahre alt, hatte sie diese noch immer gehabt. Ziemlich regelmäßig sogar. War es jetzt vorbei mit der Fortpflanzungsfähigkeit? Endlich! Paula würde ihr nicht nachweinen. Oder hatte es vielleicht einen anderen Grund, einen, den sie sich wirklich nicht wünschte? Hatte die Vergewaltigung durch Heinz oder das Beisammensein mit Lukas vielleicht unerwünschte Früchte getragen?

Verhütungsmittel hatte sie schon seit Jahren nicht mehr verwendet. Wozu die Pille schlucken, die für Frauen im fortgeschrittenen Alter noch gefährlichere Nebenwirkungen entfalten konnte als für junge. Zudem hatte sie in einer Rundfunksendung gehört, dass Frauen über 40 nur mehr ausnahmsweise schwanger werden. Mehr noch: die brauchen meist allerhand ärztliche Hilfestellung, um sich einen späten Kinderwunsch in diesem Alter noch erfüllen zu können.

Außerdem hatte Heinz zunehmend andere Formen sexueller Entspannung bevorzugt. Also lebte sie ohne die Pille, ohne Pessar, ohne Spirale und was sie sonst schon alles in ihrem Leben verwendet hatte, um ja kein weiteres Kind von Heinz geschenkt zu bekommen.

Noch war es zu früh, um aus dem Indiz einen Beweis zu machen. Dennoch musste sie handeln. Sie rief bei ihrer Frauenärztin an:

„Guten Tag. Hier spricht Paula Schmidt. Ich bräuchte einen Termin."

„Oh, guten Tag Frau Schmidt. Das ist aber schön, wieder von Ihnen zu hören. Wissen Sie, dass Ihre letzte Kontrolluntersuchung schon sieben Jahre zurückliegt?"

„Allerhand, wie die Zeit vergeht", gab sich Paula zerknirscht, obgleich sie genau wusste, dass sie hier säumig war. Nicht nur, weil sie sich ohnehin gesund fühlte, sondern auch wegen der Kosten. In der Stadt gab es nur diese eine Gynäkologin und einen Gynäkologen. Letzterer war zwar ein Kassenarzt, aber eben ein Mann. Paula bevorzugte aber Frauen. Leider war die Ärztin eine Wahlärztin. Das bedeutet, man musste sie bar bezahlen und erhielt dann einen winzigen Bruchteil des Honorars von der Krankenkasse zurück. So war dieses System eben.

„Was führt Sie heute zu mir?"

„Die Regel ist ausgeblieben."

„Das ist nicht ungewöhnlich, mehr noch, in Ihrem Alter erwartbar", antwortete die Ärztin.

„Ich will es aber rechtzeitig wissen", sagte Paula.

„Rechtzeitig wofür?", bohrte die Ärztin.

„Um verlässlich den Grund für das Ausbleiben der Regelblutung zu wissen. Immerhin birgt eine Schwangerschaft in meinem Alter schon ein hohes Risiko, ein mongoloides Kind zu bekommen."

„Das sagt man heute nicht mehr", schalt sie die Ärztin. „Heute heißt das Trisomie oder genauer Down-Syndrom."

„Und was ändert das am Erscheinungsbild der Krankheit oder an dieser selbst?", wollte sich Paula nicht zeitgeistig schelten lassen.

„Gar nichts", sagte die Ärztin. „Aber es klingt nicht so abfällig – jedenfalls in den Ohren mancher Be-troffener wie auch Nicht-Betroffener."

„ … und verschweigt genau das charakteristische äußere Erscheinungsbild der Krankheit, oder?"

„Ja, das tut es und ersetzt es durch ein Wort, das sich auf den unsichtbaren Grund der Fehlbildung bezieht, nämlich auf das dreifach angelegte X-Chromosom. Ich weiß auch nicht, was an der neuen Namensgebung besser sein soll, aber so ist es nun einmal. Nicht alles, was an ‚Vorschriften' auf Druck irgendwelcher Leute geboren wird, ist wirklich wohldurchdacht und vernünftig. Ich wüsste da noch viele andere Beispiele. Aber lassen wir das."

„Wenn ich Sie richtig verstehe", kam die Ärztin zum Anlass des heutigen Telefonats zurück, „wollen Sie einen Schwangerschaftstest machen."

„Nicht nur. Auch eine Beratung wäre mir wichtig. Aber das sage ich Ihnen dann, wenn ich komme."

„Gut. Denn nur für einen Schwangerschaftstest bräuchten Sie nicht in meine Ordination kommen. Das können Sie wesentlich billiger zu Hause machen. Sie kaufen sich in der Apotheke eine Packung Schwangerschaftssteststreifchen und halten einen davon in Ihren Harnstrahl, am besten in den Morgenharn. Da ist die Konzentration jenes Stoffes, den es nachzuweisen gilt, am größten. Anhand der Verfärbung des Streifchens sehen Sie dann, ob Sie gravid sind oder nicht."

„Was bitte? Gravid?", fragte Paula nach.

„Schwanger. Wir Ärzte haben eben unsere eigene Sprache."

„Ich weiß", pflichtete Paula bei. „Ihr redet gerne Latein."

„Nein, wir reden kaum Latein. Das können wir gar nicht. Wir gebrauchen nur viele lateinische oder latinisierte Fachvokabel. Übrigens auch viele griechische."

„Dann ist die Volksweisheit,

> *,die Ärzte beginnen Latein zu reden, wenn*
> *sie mit ihrem Latein zu Ende sind',*

falsch?"

„Ja. Denn wie schon gesagt, wir Ärzte können uns nicht auf Latein unterhalten und benützen zudem manchmal auch griechische Vokabel."

„Doch zurück zum Schwangerschaftstest. Wann hatten Sie, Paula, Ihre letzte Regelblutung."

„Vor fünf Wochen."

„Und wie lang dauert Ihr Zyklus? Ist er stabil?"

„Ja, ziemlich genau immer vier Wochen."

„Also ist die Regel-Blutung seit einer Woche überfällig."

„Ja, sofern sie nicht endlich ganz ausbleibt", antwortete Paula. „Ich hätte wirklich nichts dagegen."

„Damit liegt der Eisprung wohl mehr als 14 Tage zurück. Das reicht für ein einigermaßen richtiges Testergebnis."

„Was bitte heißt ,ein einigermaßen richtiges Testergebnis'?", gab sich Paula nicht zufrieden.

„Ist Ihnen mit 95-prozentiger Zuverlässigkeit mehr gedient? Auch das sagt nicht viel, weil man eigentlich vier Ergebnisfälle betrachten muss: den richtig-positiven, den falsch-positiven, den richtig-negativen und den falsch-negativen Fall."

„Jetzt fangen auch Sie schon an, Latein zu reden", beschwerte sich Paula.

„Hören Sie mir zu, Paula. Das ist ganz einfach. In der Medizin ist ein Test positiv, wenn er die Diagnose einer Krankheit bestätigt, oder sagen wir besser, stützt. Also wenn man ein Karzinom bei Ihnen vermutet und der Marker dafür anspricht, so war der Test positiv. Jedenfalls für den Mediziner, der ja mit der Krankheit des Menschen sein Geld verdient – nicht aber für Sie als Patientin."

„Sie sind aber, Frau Doktor, recht zynisch."

„Ja, das sind wir Mediziner in der Tat. Warum habe ich vorher lieber ‚stützt' als ‚bestätigt' gesagt – oder gar als ‚bewiesen'? Weil alle Tests unsicher sind. Wenn das Testergebnis im obigen Sinn positiv, aber falsch ist, dann spricht man von einem falsch-positiven Ergebnis. Für Sie als Patientin heißt das, dass Sie trotz des positiven Marker-Tests kein Karzinom haben. Im Fall eines richtig-positiven Tests habe Sie Pech gehabt. Sie haben wirklich ein Karzinom. Und jetzt dürfen Sie sich selber überlegen, was ein falsch-negativer und ein richtig-negativer Befund für Sie bedeutet."

„Danke für die Belehrung, Frau Doktor. Ich glaube nun zu wissen, was ich mir für den Test wünsche, nämlich ein richtig-negatives Ergebnis."

„Ihr Wunsch in Gottes Ohr", erwiderte die Ärztin. „Aber bedenken Sie, dass die Wahrscheinlichkeit für ein negatives Ergebnis umso größer ist, je näher die Probe mit den Schwangerschaftsteststreifen zum Zeitpunkt der möglichen Befruchtung liegt. Unter 14 Tagen sind die Ergebnisse des Tests unbrauchbar. Die Konzentrationen des für den Test interessanten Stoffes sind am Anfang der Schwangerschaft noch sehr klein und erhöhen sich erst mit fortschreitender Schwangerschaft. Nur mit einem Bluttest kann man schon vor dem 14. Tag nach Befruchtung eine Schwangerschaft diagnostizieren, wieder unter Beachtung der vier möglichen Fälle."

„Danke für die Beratung, Frau Doktor. Ich mache nun einmal den vorgeschlagenen Streifchen-Test. Und sollte er positiv sein, dann rufe ich Sie neuerlich wegen eines Termins an."

## Kap_23 Eine Katastrophe?

Paula hatte sich inzwischen heimlich Schwangerschaftsteststreifen aus der Apotheke besorgt. Voll Ungeduld hatte sie das Streifchen in den morgendlichen Harnstrahl gehalten und dann zugesehen, ob sich die Farbe ändert.

Ich scheine Glück gehabt zu haben, sagte sich Paula. Aber da im Beipacktext stand, dass bis zu fünf Wochen nach der Befruchtung es zu falsch-negativen Ergebnissen kommen kann, und sie nun wusste, was das bedeutet, beschloss sie, den Test in zwei Wochen noch einmal zu machen.

Und so geschah es auch. Wieder hielt sie frühmorgens, als Lukas noch schlief, heimlich am WC den Teststreifen in den morgendlichen Harnstrahl. Doch diesmal zeigte der Test ein positives Ergebnis. Habe ich mich vor zwei Wochen zu früh gefreut? Oder war das jetzige Ergebnis falsch-positiv? Das wäre zu schön, um wahr zu sein. Nein Paula, sagte sie sich, du musst den Tatsachen ins Auge blicken.

Abtreiben? Wenn ich wüsste, dass das Kind von Heinz stammt, hätte ich keinerlei Skrupel. Heute nicht mehr! Die Gefahr, aufgrund der Abtreibung später keine Kinder mehr kriegen zu können, kann mir heute ziemlich egal sein.

Aber wenn es von Lukas stammt? Der denkt so, wie ich früher dachte. Brav, gottesfürchtig, anständig bis zur Blödheit. Der würde mir nie eine Abtreibung verzeihen!

Wenn ich sie geheim halte? Wenn ich einfach sage, ich fahre für zwei Tage in die Stadt und lasse mir dort im Spital heimlich das Kind wegnehmen. Das würde die Krankenkasse wohl nicht bezahlen. Oder doch? Ich muss mich erkundigen. Vielleicht zahlt die Krankenkasse, wenn ich sage, dass das Kind von einer Vergewaltigung stammt. Vielleicht würde man aber reagieren mit einem Kommentar wie: ‚Damit kommen Sie jetzt daher, fünf Wochen nach der Tat? Lächerlich. Schon wieder so eine #MeToo-Frau, die jetzt sogar ihren Ehemann anpatzt, nur um das Kind auf Staatskosten wegzukriegen.'

Paula merkte, dass sich ihre Gedanken immer schneller im Kreise drehten, dass ihr plötzlich schwindlig und speiübel wurde. Sie kippte vom WC-Sitz, schlug mit einem lautem Pumperer gegen die WC-Tür und verlor das Bewusstsein.

Als sie wieder zu sich kam, lag sie in ihrem Bett. Lukas saß neben ihr und hielt ihre Hand. „Wie geht es dir? Ich habe zum Glück, obwohl ich noch schlief, den Pumperer gehört, als du am WC gegen die Tür schlugst. War dir schlecht? Du hast nämlich erbrochen. Oder fehlt dir sonst etwas?"

Paula lächelte nur müde und deutete Lukas, sein Ohr an ihren Mund zu legen. „Ja, mir fehlt etwas, Du fehlst mir. Seit Wochen haben wir nicht mehr gekuschelt. Ich brauche das! Ich brauche dich! Ich liebe dich!"

Lukas saß da und wusste ersichtlich nicht, was er antworten sollte. Schließlich griff er sich Paulas Hand und küsst deren Innenseite mit Inbrunst.

„Schlaf jetzt. Ich gehe inzwischen die Sauerei im WC aufwischen."

Als Paula wieder erwachte, war die Übelkeit vorbei. Die körperliche – nicht die seelische. Nur allzu gut konnte sich Paula noch an den Beginn ihrer beiden Schwangerschaften erinnern. Auch damals waren die ersten Wochen von oftmaliger Übelkeit begleitet. Kein gutes Zeichen, wenn man auf einen richtig-negativen Befund beim Schwangerschaftstest hofft. Ich muss die Ärztin anrufen, sagte sie sich, und mir Gewissheit verschaffen.

## Kap_24 Bei der Ärztin

Gesagt, getan. Schon am nächsten Morgen fuhr sie mit dem Schülerbus um 7:02 in die Kreisstadt. Dennoch hatte sie alle Pflichten in Haus und Hof erfüllt: die Hühner gefüttert, den Garten gegossen und das reife Gemüse geerntet. Ein wenig hatte sie das von ihrer morgendlichen Übelkeit abgelenkt. Oder war es die frische Luft, die hier half?

Im Autobus war es dafür zum Ausgleich sehr viel schlimmer. Zweimal zückte sie das vorsichtshalber mitgenommene Speisackerl, konnte das Erbrechen aber zum Glück der Mitfahrenden unterdrücken.

Pünktlich um 9 Uhr betrat sie als erste Patientin an diesem Tag die Ordination.

„Hallo, Paula", empfing sie die Gynäkologin. „Ich darf doch noch Du sagen? Ja? Danke! Du siehst ein wenig bleich aus. Magst du ein Glas Wasser?"

„Nein, danke. Aber etwas gegen die Übelkeit wäre nett."

„Das lässt sich machen", sagte die Ärztin, kramte kurz in einer Lade und gab Paula eine kleine Pille.

„So, nimm das mit einem Schluck Wasser. Dann wird es dir gleich besser gehen."

„Und jetzt heraus mit der Sprache!", setzte sie fort, als es Paula ein wenig besser ging.

„Ich habe, Frau Doktor, wie besprochen mir Schwangerschaftsteststreifen gekauft. Das erste Ergebnis war negativ. Nach zwei Wochen habe ich den Test wiederholt – und diesmal war das Ergebnis positiv. Die morgendliche Übelkeit spricht dafür, dass das zweite Testergebnis richtig-positiv ist. Leider!"

„Wieso leider?", fragte die Ärztin nach. „Du bist doch Kindern immer sehr positiv gegenüber gestanden! Wenn du deine beiden Buben hierher mitbrachtest, hast du mir immer den Eindruck vermittelt, eine glückliche Mutter zu sein, die ihre Kinder mit einer wahren Affenliebe umsorgte."

Ach, wenn die Ärztin wüsste, wie es wirklich in mir aussah, dachte sich Paula. Aber woher sollte sie es auch wissen? Ich habe nie geklagt. Und ja. Meine Kinder habe ich wirklich geliebt – obwohl sie beide nicht das Ergebnis eines Liebes-, sondern eines Vergewaltigungsaktes waren. Aber dafür konnten die Kinder nichts. Vielleicht habe ich diesen Umstand mit meiner Mutterliebe nicht nur kompensiert, sondern sogar überkompensiert. Vielleicht habe ich jene Liebe, die für meinen Mann gedacht gewesen wäre, die er aber weder verdiente noch annehmen wollte, zu den Kindern umgelenkt. Egal.

Das alles ist Vergangenheit. Heute geht es um das Jetzt und um die Zukunft. Und so antwortete Paula:

„Ja, das war ich. Aber jetzt bin ich nicht mehr knapp unter oder knapp über 20, sondern fast 50. Das macht einen großen Unterschied, oder nicht?"

„Ja", antwortete die Ärztin.

„Fein, dass auch Sie das so sehen. Zum einen gibt es daher ein erhöhtes Gesundheitsrisiko für Mutter und Kind. Oder nicht?"

„Ja, das Gesundheitsrisiko ist wesentlich höher als damals mit 20", stimmte die Ärztin zu.

„Daneben gibt es noch das soziale Risiko", setzte Paula fort.

„Wie meinst du das?", fragte die Ärztin nach.

„Ich meine das Versorgungsrisiko. Wenn ich mit 50 ein Kind bekomme, bin ich wohl 70, bis dieses Kind auf eigenen Beinen steht, sich selbst erhalten kann. Wenn es studieren will, muss ich wohl bis 75 dieses Kind erhalten. Kann ich das? Lebe ich überhaupt so lange?"

„Jetzt verstehe ich", antwortete die Ärztin.

„Wirklich? Die Gesellschaft auch? Ich habe es immer als verantwortungslos, ja verabscheuungswürdig gehalten, wenn irgendwelche honorigen alten Männer mit fast 80 Jahren noch Vater wurden. Sie haben sehenden Auges Kinder gezeugt, die vielleicht, falsch, mit hoher Wahrscheinlichkeit ihren

Vater nur ganz kurze Zeit erleben dürfen. Erleben im eigentlichen Sinn des Wortes!"

„Aber ihre Mutter haben sie doch wohl! Denn die ist rein biologisch wohl deutlich jünger als 80", versuchte die Ärztin Paulas Entrüstung abzumildern. Aber da kam sie an die Falsche.

„Die Frauen, die das tun, sind mir um nichts sympathischer. Aber solange die Gesetze so sind, dass man mit einem solchen Kind an die Pensionsansprüche der uralten Väter herankommt, ist mir klar, dass berechnende Frauen sich hier auf Kosten der Allgemeinheit finanziell sanieren können."

„Nicht ganz", widersprach die Ärztin. „Die Witwenpension steht derzeit nur verheirateten Frauen zu. Lebensgefährtinnen haben keinen Anspruch, auch nicht im Erbrecht."

„Mag sein. Dann wird halt geheiratet. Der alte Knacker hat damit eine deutlich jüngere Frau als Pflegerin wie auch Geliebte. Und dass die Sozialversicherung dieser dann Jahrzehnte eine Witwenpension bezahlt, für die der alte Knacker niemals entsprechende Beiträge eingezahlt hat, kratzt ihn wohl nicht."

„Aber dein Mann", versuchte die Ärztin das Gespräch von der allgemeinen Gesellschaftskritik zum akuten Fall zurückzuführen, „ist meines Wissens nur knapp älter als du. Da wäre das soziale Risiko, also das Versorgungsrisiko für ein allfälliges Kind wohl ebenso wenig gegeben wie das frühzeitige Wegsterben des Vaters. Oder nicht?"

„Das Versorgungsrisiko wäre durchaus gegeben, wenn ich frühzeitig wegsterbe", entgegnete Paula bitter. „Abgesehen von einer kleinen Frührente, die von meinem Mann 1:1 in Alkohol umgesetzt wird, erwirtschafte ich allein das Wirtschaftsgeld."

„Zudem bleibt das Gesundheitsrisiko", setze Paula nach einer Kunstpause fort. „Daher will ich wissen, wie ich dran bin."

„Schön. Für eine Ultraschall-Untersuchung ist es jetzt, nur fünf Wochen nach der möglichen Empfängnis, noch zu früh. Erst ab der sechsten Woche sieht man erste Zellanhäufungen – und auch das nur mit viel Glück und Phantasie. Besser ist es, einen Bluttest zu machen. Der spricht schon an, bevor noch die Regelblutung aussetzt. Nach dem von dir genannten Zeitraum ist der Test daher nahezu sicher. Also mach deinen Arm frei!"

Paula tat wie geheißen, um gleichzeitig zu fragen: „Kann man damit auch etwaige Missbildungen, also etwa – wie sagten Sie – Trisomie feststellen?"

„Ja, seit einigen wenigen Jahren kann man das – jedenfalls für einige Typen davon. Denn es gibt viele Formen der Trisomie. Das Down-Syndrom, also die Trisomie am Chromosom 21, kann man so diagnostizieren", erwiderte die Ärztin. „Aber noch nicht jetzt, mit dieser Blutprobe. Das ist erst ab der neunten Schwangerschaftswoche möglich. Zusätzlich könnte man damit auch einen pränatalen Vaterschaftstest durchführen. Aber das ist für dich als verheiratete Frau ja wohl nicht interessant."

Paula wollte sich einerseits nicht anmerken lassen, wie sehr das für sie interessant ist, wollte aber andererseits doch mehr dazu erfahren, und sagte:

„Schon – aber es interessiert mich dennoch. Letztens habe ich im Radio eine Sendung verfolgt, wo es um Vergewaltigung in und außerhalb der Ehe ging. Damals habe ich mir einige Fragen gestellt: Etwa, wie bei einer Gruppenvergewaltigung mit daraus resultierender Schwangerschaft der Vater festgestellt werden kann. Das wäre doch ein unwiderlegbarer Beweis seiner Täterschaft, oder?"

„Nun ja, wie jeder Test ist auch hier niemals 100-prozentige Sicherheit gegeben. Es werden gewisse Genome der mutmaßlichen Eltern und des Kindes verglichen. Aber nicht alle. Um die Problematik ganz plastisch und grob vereinfachend zu erklären. Das Genom eines Schimpansen und das eines Menschen stimmt zu fast 99 Prozent überein – wird jedenfalls behauptet. Wenn das wirklich so ist, dann könnte laut einem schlecht gewählten partiellen Genomvergleich auch ein Schimpanse der Vater des Kindes sein. Immerhin sind 18 Chromosomenpaare praktisch identisch, nur in den Chromosomen 4, 9 und 12 sind die Gene und Markierungen in einer anderen Reihenfolge angeordnet."

„Andere Forscher widersprechen dem und reden von fünf und noch mehr Prozent Unterschied im Genom, schon deshalb, weil Schimpansen über 24 Chromosomenpaare, der Mensch aber nur über 23 verfügt. Wie auch immer. Als Ärztin habe ich zwar im Studium ein wenig über Molekularbiologie und Genetik lernen müssen, aber das ist lange her und daher wohl vielfach nicht mehr der aktuelle Stand der Wissenschaft. Eines ist aber klar: Vaterschaftstests sind wie alle DNA-Tests nicht 100 Prozent sicher. Für die Verurteilung des Täters würde es aber wohl reichen."

„Und daher wohl auch für die Feststellung der Alimentationspflicht nach einer Gruppensexorgie mit unerwünschten Folgen, oder?"

„Nein. Schwängerung durch Vergewaltigung, ob einzeln oder durch eine Gruppe, und freiwilliger Sex, ob einzeln oder in einer Gruppe, sind etwas Grundverschiedenes. Jedenfalls für den Gesetzgeber. Vaterschaftstests sind außerhalb von strafrechtlichen oder medizinischen Belangen verboten. Als Privatperson darfst du keinen Vaterschaftstest verlangen, geschweige heimlich durchführen."

„Aber solche Vaterschaftstest-Kits bekommt man angeblich im Internet zu kaufen", warf Paula ein.

„Stimmt. Dennoch ist deren Gebrauch strafbar."

„Jetzt stelle ich mich einmal auf den Standpunkt eines Mannes, der einen One-Night-Stand mit einer

Frau mit – sagen wir – lockerem Lebenswandel hatte. Dass gerade er – als vielleicht der Begütertste – dann von der Frau als Vater genannt wird und zur Alimentation verpflichtet wird, halte ich angesichts der vielen anderen potenziellen Väter für unfair. Meiner Meinung nach soll der zahlen, der tatsächlich der Vater ist. Oder nicht?"

„Der Gesetzgeber sieht das nicht ganz so und beruft sich dabei auf das Staats- und Kindeswohl", antwortete die Ärztin. „Für den Gesetzgeber zählt offenbar vor allem, dass einer zahlt. Der Frau wird einmal grundsätzlich geglaubt, wen sie als Vater benennt. Rechtsgrundsätze wie ‚Keine Strafe ohne Schuld' oder ‚das Recht Beweismittel zur Verteidigung vorzulegen' sind dem Gesetzgeber hier ziemlich egal. Sogar in der Ehe darf der vermeintlich gehörnte Ehemann nicht heimlich nachprüfen, ob das Kind wirklich von ihm stammt."

„Aber das ist doch unfair, ungerecht, absurd", gab sich Paula erbost. „Warum ist der Ehemann für Kuckuckskinder verantwortlich und unterhaltspflichtig?"

„Du bist offenbar keine der modernen, fortschrittlichen, emanzipierten Frauen, die das letztendlich durchgesetzt haben. Diese argumentierten, dass schätzungsweise 10 Prozent der innerhalb einer Ehe geborenen Kinder nicht den Ehemann als Erzeuger haben, und dass mit der Möglichkeit, dies nun um wenig Geld nachprüfen zu können, noch mehr Ehen als bisher geschieden würden. Das kann nicht im Interesse des Staates und schon gar nicht in dem des dann schlechter versorgten Kindes liegen. Letztlich konnten sie eine parlamentarische Mehrheit hinter sich scharen. Bei den allermeisten weiblichen Abgeordneten sowieso."

„Auch bei den Männern stimmten viele für die Gesetzesvorlage", setze die Ärztin fort. „Wohl nicht, weil sie alle der Argumentation folgten, sondern weil sie sich nicht nachsagen lassen wollten, gegen das Kindeswohl zu handeln. Dabei stand dieses gar nicht zur Diskussion, sondern nur, wer für das Kindeswohl zahlen soll. Mut zum Widerstand und Grundsatztreue sind entgegen dem Volksmund doch nicht archetypisch männliche Tugenden."

„Auf diese Art wurde legistisch die Feststellung von (weiblichen) Seitensprüngen durch private Vaterschaftstests verboten und die Versorgung von deren Früchten sichergestellt. Die Seitensprünge selbst waren ja, seitdem man im Schlepptau der Emanzipation bei der Scheidung vom Verschuldensprinzip zum Zerrüttungsprinzip übergegangen war, sowieso schon mehr oder weniger irrelevant."

„Ja, ich bin offenbar wirklich nicht emanzipiert", gab sich Paula sehr nachdenklich. Die Ärztin konnte aber nicht ahnen, warum. Sie wusste nicht um die Ereignisse an diesem gleichermaßen schrecklichen wie wunderschönen Montag vor fünf Wochen, die Paula in die heutige Situation gebracht hatten.

„So, die Blutprobe kommt jetzt ins Labor. Wenn ich den Befund habe, melde ich mich. Aber wie gesagt. Der bestätigt jetzt nur eine allfällige Schwangerschaft. Über die Risiken haben wir kurz geredet. Bei einer Spätgebärenden wie dir bin ich sogar gesetzlich verpflichtet, dich über die gesundheitlichen Risiken für Mutter und Kind zu informieren. Falls du schwanger bist, werden wir daher in der zehnten, spätestens elften Woche nochmals eine Blutprobe machen, um auf Trisomie zu untersuchen. Das reicht, um nötigenfalls – aber nur auf deinen ausdrücklichen Wunsch und nach Beratung durch einen weiteren Arzt – dann einen Schwangerschaftsabbruch durchzuführen. Der ist nämlich bis zur zwölften Woche möglich."

„Würden Sie den dann machen? Und muss ich den dann privat bezahlen?", fragte Paula. „Wie Sie wissen, schwimme ich nicht gerade in Geld."

„Ja, das würde ich tun. Und nein. Falls der Abbruch medizinisch indiziert ist, zahlt die Krankenkasse. Ebenso, wenn es sich um eine Abtreibung nach einer Vergewaltigung handelt. Sogar den Vaterschaftstest würden sie dann bezahlen. Aber das alles ist für dich ja nicht interessant."

Und wie interessant das für mich ist, dachte sich Paula, krampfhaft bemüht, sich nichts anmerken zu lassen.

„Auf eine Amniozentese will ich verzichten", setzte die Ärztin fort.

„... was bitte? Amiozentose? Was ist das?", warf Paula ein.

„Nicht Amiozentose, sondern Amniozentese", antwortete die Ärztin. „Das ist eine Untersuchung des Fruchtwassers durch eine Biopsie, also durch Entnahme einer kleinen Menge Fruchtwasser mittels eines Nadelstiches in die Fruchtblase. Aber seit es den Bluttest gibt, verzichte ich darauf. Denn die Fruchtwasser-Untersuchung ist ein Risiko für die Mutter wie den Fötus. Das reicht von Infektionen über Fehlbildungen bis zur Fehlgeburt. Auch wenn das Risiko für Letzteres nur bei weniger als 1,5 Prozent liegt, bleibt es angesichts der neuen Testmethoden ein unnötiges Risiko. Auf jeden Fall gebe ich dir hier noch ein Rezept für Pillen gegen die Übelkeit. Und jetzt hinaus mit dir. Draußen warten schon viele andere Patientinnen."

## Kap_25 Düstere Gedanken

Paula ging schnurstracks in die nächstgelegene Apotheke und besorgte sich die ihr verschriebenen Pillen. Danach fuhr sie zurück in ihr Dorf.

Dort kaufte sie im Supermarkt für sich und den Herrn Pfarrer ein. Den Rechnungsbetrag ließ sie auf den Pfarrhof anschreiben. Der Herr Pfarrer hatte das so geregelt. Einerseits, weil er wusste, dass Paula nicht das Geld hatte, um groß einkaufen zu gehen. Andererseits, weil ja ohnehin jeder wusste, dass Paula im Pfarrhaus wohnte. Da gab es nichts mehr geheim zu halten.

Inzwischen wusste Paula, was Lukas gerne aß und kochte nun für ihn statt für ihren Ehemann Heinz. Auch sonst machte sie sich im Haushalt nützlich, sodass die Haushälterin an ihrem freitäglichen Arbeitstag kaum mehr etwas zu putzen fand.

Heute würde Lukas erst gegen Abend kommen. Zum Kochen war es also noch zu früh. Ihre Arbeiten im eigenen Garten und Hof hatte sie schon in aller Herrgottsfrüh erledigt. Also blieb Zeit, sich ein wenig auf ihr wunderbar weiches und breites Bett hinzulegen und auszuruhen.

Wenn sie aber glaubte, sich nun entspannen zu können, hatte sie sich getäuscht. Ihre Gedanken kreisten in einem fort um das Gespräch mit der Ärztin, um ihre jetzige Situation und ihre Zukunft.

Hilfe suchend richtete sie ihren Blick auf den Gekreuzigten über ihrem Bett: ‚Du weißt doch, wie es mit mir weitergeht. Warum lässt du mich hier in meiner Ungewissheit zappeln?'

Als keine Antwort kam, fragte sie nochmals, dringlicher: ‚Warum, Herr, lässt du mich mit meinen Ängsten allein?'

Wieder hörte sie keine Antwort. Schließlich begann Paula zu weinen und startete einen letzten flehentlichen Versuch: ‚Ich habe mit deiner Mutter gesprochen. Aber ihr einziger Trost war, dass mein Elend nicht ewig dauern würde. Sie gab mir nur die Worte *,bis dass der Tod euch scheidet'* mit. Was soll ich damit? Heißt das vielleicht, ich soll mich selbst umbringen, um das Elend zu beenden? Oder gar, dass ich Heinz töten soll, um mit dem Elend Schluss zu machen?'

,Versündige dich nicht, Paula', hörte sie plötzlich eine Stimme in ihr. War es der Gekreuzigte, der zu ihr sprach? Oder war es ihr Gewissen, das sich empört zu Wort meldete?

,Bist du es, Jesus, der zu mir spricht?', flehte Paula.

,Ja, ich bin es', antwortete die Stimme in ihr. ,Und ich will solche Gedanken nie wieder in dir entdecken müssen, in dir, die bisher ein gottgefälliges, fast untadeliges Leben geführt hat.'

,Fast untadelig? Bist du mir böse, dass ich Lukas verführt habe? Lukas, der doch dir und deinem Vater die ewige Treue geschworen hat.'

,Du hast ihn nicht verführt, liebe Paula. Du hast ihn vergewaltigt. Hast du vergessen, wie du seinen Kopf mit Gewalt festhieltest, wie du deine Lippen auf seine presstest, deine Zunge wie eine Lanze benutztest, du ihn ohne zu fragen bestiegst?'

,Du stellst das auf die gleiche Stufe mit dem, was Heinz mir antat?', zeigte sich Paula gleichermaßen überrascht wie traurig. ,Das eine war ein Akt der Nächstenliebe, aus dem erst Zuneigung, ja Liebe, zuletzt eben auch Sex entstand. Das andere war ein brutaler Akt des Hasses und der Rache für etwas, was nie stattgefunden hat.'

‚Ich weiß. Ich habe die beiden Situationen auch nicht auf die gleiche Stufe gestellt. Dennoch war auch hier im Bett unter mir Gewalt im Spiel.'

Paula schwieg und dachte nach. Ja, so könnte man das auch sehen, sagte sie sich schließlich. Ja, ich habe Lukas festgehalten, ihn mit sanfter Gewalt dahin gebracht, sich ihren Wünschen nach Nähe, nach Zärtlichkeit bis schließlich zur körperlichen Vereinigung zu unterwerfen, mehr noch, ihre Wünsche letztendlich zu seinen Wünschen zu machen. Freiwillig. Denn natürlich hätte er sich dem allen als körperlich starker Mann entziehen können, um sein Zölibat einzuhalten.

‚Aber, wenn man es so sieht', wandte sie sich wieder dem Kreuz über dem Bett zu, ‚ist nicht auch der Zölibat selbst ein Akt der Gewalt? Ist es nicht so, dass junge Männer so lange in Priesterseminaren festgehalten, indoktriniert und umworben werden, bis sie letztlich die Wünsche der Amtskirche zu ihren eigenen Wünschen machen und freiwillig den Zölibat versprechen? Was ist daran freiwillig, wenn man nur dann Priester werden kann, sofern man dieses Gelübde ablegt? Warum kann man nicht auch ohne dieses Gelübde Dienst in und an der Kirche tun?'

Wieder vermeinte Paula eine Antwort von dort zu hören: ‚Ich habe den Zölibat niemals direkt verlangt. Der Auftrag, mir nachzueifern, verlangt schließlich auch nicht, sich ans Kreuz schlagen zu lassen. Und meine Brüder, die hinausgingen, um meine Frohbotschaft zu überbringen, haben die Ehelosigkeit weder gelebt noch verlangt. Sie waren sogar, wie fast alle Juden, verheiratet.'

‚Eben', pflichtete Paula bei. ‚Warum müssen die Männer, die heute deine Frohbotschaft verkünden, daher unverheiratet sein?'

‚Warum fragst du das mich?', hörte Paula wieder die Stimme. ‚Frage die, die das bei Konzilen beschlossen haben. Frage sie vor allem nach den Gründen dafür. Sprich auch mit Lukas darüber. Vielleicht hilft ihm das bei der Entscheidung, um die er schon viele Wochen ringt.'

‚Danke, Herr! Das werde ich so bald wie möglich tun.'

Paula fühlte sich plötzlich wunderbar entspannt und lebensfroh, selbst in der Erwartung, dass der heutige Bluttest das richtig-positive Ergebnis des letzten Schwangerschaftsteststreifchens bestätigen würde. Es würde alles gut werden. Mit diesen Gedanken schlief sie ein.


## Kap_26 Eine ernste Aussprache

Paula erwachte, als sie plötzlich warme, weiche Lippen auf den ihren spürte.

„Guten Morgen", hörte sie Lukas sagen. „Oder soll ich besser guten Abend sagen?"

Paula sah auf die Uhr. Es war fast 17 Uhr. Ich habe fast drei Stunden geschlafen, schalt sie sich. Denn natürlich war nun das Abendessen nicht gekocht.

„Es tut mir leid, Lukas", sagte Paula mit ehrlichem Bedauern. „Ich hätte mir den Wecker stellen sollen."

„Wozu?", fragte Lukas ohne jeden Groll in der Stimme. „Wir werden eben heute gemeinsam das Abendessen herrichten. Eingekauft hast du ja wohl, oder?"

„Natürlich. Es ist alles zu Hause, was wir brauchen. Die Spätzle sind kein Problem. Das geht schnell. Aber ein Gulasch sollte lange köcheln, wenn es wirklich gut werden soll. Das schaffen wir nicht mehr."

„Dann schlagen wir eben ein paar Eier über die Spätzle, und noch ein wenig Speck dazu, und wir haben ein köstliches Nachtmahl", nahm Lukas der Situation jede Problematik.

Dankbar sah Paula Lukas an. Was hätte wohl Heinz in dieser Situation gesagt? Nein, getan! Der begnügte sich meist nicht mit Schimpfen, sondern dem kam ganz leicht die Hand aus.

„Zudem kann ich gut verstehen", setzte Lukas fort, während er schon einen Topf mit Kochwasser für die Spätzle auf den Herd setzte „dass du sehr müde warst. Heute früh bist du schon zu deinen Hühnern geeilt, als es noch dunkel war."

„Das hast du mitgekriegt?", fragte Paula.

„Ja, habe ich. Und ich habe mich dabei gefragt, warum du heute schon derart früh, gut zwei Stunden eher als sonst, weggingst."

Paula sah betreten zu Boden. Nun musste sie wohl mit der Wahrheit herausrücken.

„Hast du dich, Lukas, nicht letztens gefragt, warum mir am WC so übel wurde."

„Schon. Aber dafür gibt es viele Gründe. Ich denke, dass du mir den Grund nennen wirst, falls es mehr war als eine vorübergehende Unpässlichkeit oder irgendeine verdorbene Speise."

„Ja. Es ist wahrscheinlich mehr. Es könnte sein, dass ich schwanger bin." Paula sah ängstlich zu Lukas, um zu sehen, wie er darauf reagiert. Aber Lukas äußerte sich nicht. Er wartete darauf, dass sie weitersprach.

„Heute fuhr ich zu meiner Frauenärztin in die Stadt, um mir Gewissheit zu verschaffen. Immerhin kann in meinem Alter die Regelblutung auch aussetzen, ohne gravid zu sein."

Lukas nickte nur.

„Die Ärztin nahm mir Blut ab, um es ins Labor zu schicken. Wenn sie das Ergebnis hat, wird sie sich melden."

Wieder nickte Lukas.

„Dass mir das alles im Kopf herumgeht, wirst du verstehen. Vor allem, weil es auch dich betreffen kann."

Paula sah mit einem flehenden Blick zu Lukas. Bitte schaue jetzt nicht entsetzt. Lass die Welt nicht für mich einstürzen. Bitte!!

Lukas sah nicht entsetzt aus, sondern gefasst und ernst.

„Du meinst, dass an dem besagten Montag, an dem dich erst dein Mann vergewaltigt hat, und dann das zwischen uns passierte, ein Kind entstanden sein könnte."

Paula nickte und begann zu weinen.

Schließlich fasste sich Paula wieder, um unter Schluchzen hervorzustoßen: „Wenn das Kind von Heinz ist, will ich es nicht. Wenn es von dir ist, will ich es haben. Aber auch dann werde ich niemanden sagen, dass es von dir ist. Ich will nicht dein Leben zerstören mit etwas, was ich mir, mir ganz allein, vorwerfen muss. Nämlich dich damals verführt zu haben."

Lukas sah sie ernst an. „Wenn schon, müssen wir uns beide das gleichermaßen vorwerfen. Zum Verführen gehören immer zwei. Erinnere dich bitte, was ich dir über Agnes' Anbandelungsversuch berichtet habe. Du allein warst nicht schuld, wenn man überhaupt von Schuld reden kann."

„Aber im Vater-unser ist doch von Versuchung und Schuld die Rede."

„Schon, aber ohne zu spezifizieren. Heinz hat sicher Schuld auf sich geladen. Ob wir beide auch, darüber wird der da oben einst entscheiden."

„Schön, dass du das so siehst", antwortete Paula dankbar. „Ich für meinen Teil würde selbst jetzt, wo die möglichen Folgen immer greifbarer werden, nicht auf das Zusammensein mit dir verzichten wollen. Ich würde es wieder machen, wieder und immer wieder. Es war weltbewegend. Es war nicht irgend eine, es war die Sternstunde meines Lebens."

„Mir ging es nicht anders, liebe Paula. Oder darf ich angesichts der Situation sagen, liebste Paula? Seit Wochen quäle ich mich mit dem Gedanken, ob ich weiter so leben will wie bisher. Jetzt wo ich weiß, wie schön es ist, quasi als Mann und Frau miteinander zu leben, hadere ich mit dem Zölibat. Ja, ich hadere und ringe mit mir um eine Entscheidung, so wie es viele andere meiner Kollegen in ihrer jeweiligen #MeToo-Situation auch schon taten."

„Das hat mir der Gekreuzigte über deinem Bett auch gesagt, bevor ich heute dort einschlief."

„Ich verstehe nicht ganz. Hast du geträumt oder hast du wirklich eine Erscheinung gehabt?"

„Eine Erscheinung war es sicher nicht. Vielleicht habe ich mit mir selbst gesprochen. Vielleicht aber auch nicht. Jedenfalls habe ich eine Stimme gehört, die mir zuflüsterte, dass du mit dir ringst und dass wir offen miteinander reden sollten."

Lukas lehnte sich zurück und sagte eine Weile nichts.

„Lass uns die Sache zunächst einmal rein nüchtern betrachten. Angenommen, du bekommst ein Kind, und zwar von mir. Dann habe ich gegenüber dem Kind und dir als Mutter eine Verpflichtung, die wohl nicht weniger schwer wiegt als die gegenüber der Kirche."

Paula wollte nicken, aber unterließ es, um Lukas in seinen Gedankengängen nicht zu beeinflussen.

„Diese Verpflichtung kann man auf vielerlei Weise leben: Ich kenne einige Priester, die Kinder gezeugt haben, und die nun für diese Alimente zahlen, ohne mit ihnen in einer Familie zusammenzuleben. Ihre Familie war und ist weiterhin die Amtskirche. Andere leben mehr oder weniger heimlich in einem Konkubinat, das von der Amtskirche geduldet wird, oder besser: nicht zur Kenntnis genommen wird. Andernfalls müsste die Amtskirche ja darauf mit Suspendierung reagieren, was sie angesichts des herrschenden Priestermangels nicht gerne täte. Wieder andere heirateten. Da das Priesteramt ein Ehehindernis darstellt, legten sie dieses notgedrungen nieder und ließen sich Laisieren. Der Beruf als Priester war damit natürlich dahin. Was allenfalls blieb, war eine Anstellung als Religionslehrer in einer Schule. Und schließlich gibt es da noch die päpstliche Dispens. Für hochgestellte Persönlichkeiten wurde diese in weit zurückliegenden Zeiten – meist aus politischen Gründen – gelegentlich gewährt. Heute ist das aus diesen Beweggründen heraus nicht mehr der Fall, sondern praktisch nur im Hinblick auf die Ökumene, vor allem im Zusammenhang mit den Ostkirchen."

Lukas sah Paula nach dieser ausführlichen Erklärung lange an. „Ich habe nun, wie der Gekreuzigte vorschlug, ganz offen alle Möglichkeiten genannt, die es prinzipiell gibt, um meiner allfälligen Verpflichtung als Vater nachzukommen."

„Offen bleibt dabei", setzte Lukas nach einer längeren Pause fort, „ob ich überhaupt der Vater bin."

„ … was ich mir im Fall des Falles von Herzen wünsche", hakte Paula ein.

„Und offen bleibt darüber hinaus, ob ein solches Kind der Grund oder bloß der Anlass für mein Ringen ist. Für viele meiner Kollegen in deren eigenen #MeToo-Situationen war es nur der Anlass, über den Zölibat neuerlich nachzudenken, und zwar notgedrungen durch das erwartete, noch ungeborene Kind. Jedenfalls bei mir war und ist es anders. Ich beschäftigte mich mit dem Gedanken bereits zu einem Zeitpunkt, wo die Möglichkeit meiner Vaterschaft noch gar nicht in mein Bewusstsein gedrungen war. Du, liebste Paula, warst es, die in mein Bewusstsein gedrungen bist und davon Besitz ergriffen hast. Die vielen schönen Stunden mit dir trotz bewusstem – ich gebe zu, nur schwer zu ertragendem – Verzicht auf Sex haben mir gezeigt, was mir bisher gefehlt hat. Der Kontakt mit all meinen Schäfchen in der Pfarre kann das nicht ersetzen. Ich als katholischer Priester muss zugeben, dass die Ostkirchen und insbesondere die Evangelischen es besser machten und machen."

„Meinst du damit, liebster Lukas, dass neben den vier Möglichkeiten, die du eben aufgezählt hast, ein Übertritt zu den Evangelischen deine, nein, unsere Probleme lösen könnte?"

„Ja, ich habe darüber nachgedacht. Immerhin beten wir zum gleichen Gott, feiern wir die einzigen beiden direkt auf Christus zurückgehenden und von ihm anbefohlenen Handlungen, nämlich die Taufe und das Abendmahl, in sehr ähnlicher Form als Sakramente. Weder die kirchliche Eheschließung noch die Priesterweihe, geschweige der Zölibat, sind von Jesus eingeführt worden und nach Meinung des Heiligen Augustinus, Luthers und anderer daher keine Sakramente. Insofern wäre im Sinn der Ökumene ein solcher Übertritt wohl kein Sakrileg, kein Frevel."

„Das klingt für einen Pfarrer aber recht ketzerisch", wandte Paula ein.

„Stimmt, liebste Paula. Vor einigen hundert Jahren wäre ich dafür möglicherweise auf dem Scheiterhaufen verbrannt worden."

„Warum bist du dann überhaupt Priester geworden?", wollte Paula in Lukas innerste Seelenbereiche Einblick gewinnen.

Lukas ließ sich mit einer Antwort Zeit: „Ich glaube, dass ich eine Berufung in mir spürte, Menschen freundlich und offen zu begegnen und ihnen zu helfen, vor allem psychisch, mental."

„Dann hättest du auch Psychologe werden können, oder?"

„Nicht ganz. Ich wollte mich nicht primär mit psychisch auffälligen oder gar psychisch kranken Menschen auseinandersetzen, sondern mit den ganz normalen, gewöhnlichen Menschen, mit deren Alltagsproblemen. Diese einfachen Menschen wollte ich in ihrem Leben meditativ begleiten, sozusagen von der Wiege bis zur Bahre, oder vom Segen bis zur Taufe. Dafür erschien mir der Priesterberuf ideal zu sein. Und deswegen nahm ich die Bürde des Zölibats auf mich. Unfreiwillig freiwillig sozusagen. Dabei erging es mir wie Frauen vor langer Zeit, die in den Lehrberuf gehen wollten. Sie durften damals nicht heiraten. Heute findet niemand mehr etwas daran, dass Lehrerinnen verheiratet sind. Und irgendwann wird man auch in der katholischen Kirche nichts mehr daran finden, dass Priester verheiratet sind."

„Glaubst du das wirklich, liebster Lukas?", erwiderte Paula. „Ich kann mich erinnern, dass schon in meiner Jugend die Frage immer wieder diskutiert wurde, angeblich sogar auf dem damaligen Konzil. Geändert hat sich aber seither nichts, oder?"

„Fast nichts, um genau zu sein. In manchen Fällen, insbesondere beim Übertritt von Geistlichen aus den orthodoxen Kirchen, ist man weniger rigid. Aber sonst ist man stur. Die greisen Herren, die beim Konzil darüber beraten, sind selbst ja schon weit weg von jenen Bedürfnissen, die Männer in jungen und in den besten Jahren haben. Auch Priester sind Männer. Das vergessen oder verdrängen diese Herrn. Leider!"

„Was mich besonders ärgert", fuhr Lukas nach einer kleinen Pause fort, „sind die Argumente, mit denen man den Zölibat verteidigt. Ich halte sie für profan, fadenscheinig, ja heidnisch. Profan, weil es – zumindest früher – auch darum ging, die Verlassenschaft eines Priesters dem Vermögen der Kirche einzuverleiben. Fadenscheinig, weil man von der ‚Reinheit des Zelebranten' redet, als wären die Apostel ‚rein' im Sinne von unverheiratet gewesen."

„Dazu kommt, dass man von Jesus selbst nicht weiß, ob er Beziehungen zu Frauen unterhielt oder vielleicht sogar verheiratet war. Die schriftlichen Überlieferungen geben darüber keine Auskunft, sieht man von einer einzigen Quelle ab, die Jesus als verheiratet bezeichnet. Ganz unglaubwürdig ist das nicht, weil ja fast alle Juden verheiratet waren. Angesichts dieser unbefriedigenden Quellenlage wird von den Schriftgelehrten die Heilige Schrift mehr oder weniger nach Gutdünken interpretiert. Die einen meinen, die Hochzeit von Kanaan wäre Jesus eigene Hochzeit gewesen, weil über die Brautleute praktisch nichts ausgesagt wird. Als Braut wird dabei oft Maria Magdalena genannt. Andere unterstellen Jesus ein – sagen wir – lockeres Verhältnis mit dieser Frau. Wer sich also auf die Apostel oder Jesus beruft, begibt sich auf unsicheren Boden."

„Und warum heidnisch?", fragte Paula.

„Weil man archaischen, ja heidnischen Traditionen nacheifert. Ich erinnere an die Tempeljungfrauen, das Sinnbild für Reinheit und Tugendhaftigkeit. Oder die Menschenopfer, für die nicht selten Jungfrauen herhalten mussten. Den Göttern konnte man ja nur reine – darf ich sagen: ungebrauchte – Ware als Opfer und Dienerinnen anbieten. Dieser Unsinn mit der Jungfräulichkeit zieht sich bis in unsere Gegenwart, wo sich diese in der Hochzeitsnacht bestätigen muss. Und wehe, wenn sich dort das Gegenteil herausstellt."

„Dieses Keuschheitsgebot alter Religionen an ihre Priester und Tempeldienerinnen hat die Kirche nun auf ihre Priester und Ordensleute, ob Brüder oder Schwestern, übertragen. Wäre das gleich in der Gründungszeit der christlichen Kirche passiert, so hätte ich noch ein gewisses Verständnis dafür. Schließlich wurden viele andere Gebote und Verbote, Riten und Festtagsbräuche dieser Zeit aus dem Judentum in die neue Religion übernommen. Denke nur an den Sabbat, aus dem für die Christen der Sonntag wurde. Aber so war es nicht beim Zölibat. In der Frühkirche gab es keinen Zölibat, jedenfalls keinen anbefohlenen. Das kam alles erst Jahrhunderte später, insbesondere in der christlichen Westkirche."

„Ich könnte dir, liebste Paula", fuhr Lukas fort, „nun sehr detailliert erzählen, bei welchem Konzil was beschlossen wurde. Ja, beschlossen. Man hat sich gestritten und letztlich darauf geeinigt, welche der vielen teils mündlichen, teils schriftlichen Überlieferungen zu einer verbindlichen Schrift, der Heiligen Schrift, zusammengefasst werden sollten. Es war ein Akt der Kanonisierung, wie er heute bei jedem größeren Vertragswerk auch passiert. Ob die Diskussionen dabei mehr von profanen Interessen, etwa der Mehrung des Kirchenvermögens, und persönlichen Befindlichkeiten und Zwistigkeiten gelenkt wurden als vom Heiligen Geist, mag jeder selber beurteilen. Jedenfalls wurde da vieles dazugeschrieben und auch weggelassen. Denn es gab mehr Evangelien als die vier heute anerkannten und immer wieder zitierten. Da wurde ergänzt, neu übersetzt und interpretiert. Das war auch notwendig, da Begriffe der Quellsprache zum Teil keine Entsprechung in der Zielsprache haben. So gibt es etwa im Griechischen drei Worte für Liebe, im Deutschen nur eines. Wir verwenden heute das

Wort Liebe sogar als Synonym für rein körperlichen, herzlosen Sex. Natürlich hinkt der Vergleich, weil damals nicht vom Griechischen ins Deutsche übersetzt wurde, sondern vom Aramäischen ins Griechische und letztlich ins Lateinische. Die vermeintlich erste Übersetzung ins Deutsche lieferte erst mehr als ein Jahrtausend später Luther. Was ich damit sagen will: Diese Heilige Schrift, das sogenannte Neue Testament, ist nicht das Wort Gottes, sondern die mehrfach transkribierte Zusammenfassung und Interpretation von Überlieferungen der Worte Jesu durch einen kleinen Kreis von Menschen. Im Grunde entstand so ein Vertragswerk zwischen Gott und den Menschen, das festlegt, was Gott von uns will und was er uns als Gegenleistung bietet. Nämlich ewiges Leben im Himmel, falls wir seine Gebote befolgen."

„Noch deutlicher wird der Vertragscharakter im Alten Testament, dessen Gebote sich wie Dienstanweisungen eines Königs an seine Untertanen lesen. Ich will dir, liebste Paula, aus dem 2. Buch Mose 20, Verse 3) bis 7) zitieren:"

*3) 1. Gebot: Du sollst keine anderen Götter neben mir haben.*

*4) 2. Gebot: Du sollst dir kein Bildnis noch irgend ein Gleichnis machen, weder des, das oben im Himmel, noch des, das unten auf Erden, oder des, das im Wasser unter der Erde ist.*

*5) Bete sie nicht an und diene ihnen nicht. Denn ich, der HERR, dein Gott, bin ein eifriger Gott, der da heimsucht der Väter Missetat an den Kindern bis in das dritte und vierte Glied, die mich hassen;*

*6) und tue Barmherzigkeit an vielen Tausenden, die mich liebhaben und meine Gebote halten.*

*7) 3. Gebot: Du sollst den Namen des HERRN, deines Gottes, nicht missbrauchen; denn der HERR wird den nicht ungestraft lassen, der seinen Namen missbraucht.*

„Liest sich das nicht, liebste Paula, wie von mir vorher gesagt? Nichts als Straf-Androhungen, nicht nur an den Missetäter selbst, sondern auch für seine Nachkommen bis ins 4. Glied. Ersichtlich ein tyrannischer, rachsüchtiger, unbarmherziger Gott. Vom Gott der Barmherzigkeit und Liebe ist hier, anders als im Neuen Testament, wenig zu spüren. Zudem sieht man auch hier, wie man (bewusst?) falsch übersetzt: In Punkt 5 steht ,eifrig', in anderen Übersetzungen ,eifersüchtig', was meiner Ansicht nach weit besser in den Kontext passt. Genau das ist es, was ich vorher mit der Aushandlung des Neuen Testamentes meinte."

„Das waren aber nur drei Gebote", wandte Paula ein. „Vielleicht sind die anderen sieben Gebote nicht so unbarmherzig?"

141

„Ja, sind sie nicht, weil es da mehr um Regeln des Zusammenlebens der Menschen untereinander als um das Verhältnis des Untertans zu seinem Gott geht. Dort heißt es dann: Du sollst Vater und Mutter ehren, nicht stehlen, nicht töten, nicht ehebrechen, kein falsches Zeugnis geben und dich nicht nach fremdem Gut gelüsten. Unter ‚Gut‘ ist dabei alles zu verstehen, was in der damaligen patriarchalischen Gesellschaft dem Hausherrn quasi als Sache gehörte, also auch dessen Weib, Knecht, Magd, Vieh und Sklave – in dieser Reihenfolge!“

„Das Alte Testament kritisierte also die für uns Heutige inakzeptablen gesellschaftlichen Verhältnisse in keiner Weise. Es war eben nur ein Zeugnis seiner Zeit, die Zusammenfassung von Regeln und Geboten, die sich in hunderten Jahren davor herausgebildet hatten. Was neu war, war der unbedingte Herrschaftsanspruch Jahwes, der alle Götter neben sich und jeden Götzendienst an anderen verbot. Moses hat diesen neuen monotheistischen Anspruch und die Regeln für ein gedeihliches Zusammenleben innerhalb der Gesellschaft nur zusammengefasst und verkündet. Zu glauben, dass er diese am Berg unter Blitz und Donner von Gott plötzlich in Form von Steintafeln in die Hand gedrückt bekam, ist ein gut illustrierbares Märchen, hält historischen Vergleichen aber nicht stand. Viele der Gebote waren ziemlich sicher schon in der Zeit der Babylonischen oder Ägyptischen Knechtschaft den Juden geläufig und anbefohlen. Ebenso könnte der von Moses verkündete Monotheismus seine Wurzeln durchaus in dem viele Jahrzehnte davor vom Pharao Echnaton angeordneten Ein-Gott-Glauben haben. Da Moses am Hof eines späteren Pharaos aufwuchs, hatte er dort sicher Zugang zu entsprechenden Schriften, selbst wenn zu seiner Zeit der Glaube an den einen Sonnengott auf Betreiben der zuvor weitgehend entmachteten Priesterschaft schon wieder zugunsten der alten Götter und Göttinnen abgeschafft war."

Paula musste erstaunt feststellen, dass sie Lukas zunehmend mit ganz anderen Augen sah. Welch ein kluger, gebildeter Mann. Ganz anders als Heinz. Der schimpfte nur über die Kirche und die Pfaffen. Dass allerdings auch Lukas derart kritisch war, verunsicherte sie. Bisher war der Pfarrer für sie der Garant für die Richtigkeit dessen gewesen, was ihr der Katechet als kleines Mädchen auf ihren Lebensweg mitgegeben hatte. Wegen ihrer nur achtklassigen Volksschulbildung hatte sie sich immer als ungebildet empfunden und niemals gewagt, Dinge in Zweifel zu ziehen, die so studierte Herren wie ihr Katechet oder der frühere Pfarrer verkündet hatten. Und nun? Plötzlich musste sie erkennen, dass selbst ein hochgebildeter Mensch wie Lukas, noch dazu ein Pfarrer, vieles in der Religion kritisch sah, sogar in seiner eigenen.

„Das Neue Testament ist hier anders, obgleich man auch hier Sätze findet wie *‚So gebet dem Kaiser,*

143

*was des Kaisers ist, und Gott, was Gottes ist!'* Vielleicht hat Jesus das nur gesagt, um bei den Herrschenden, den Römern, nicht anzuecken."

„Auch seine Antwort an Pontius Pilatus im Zusammenhang mit seiner Aussage, wo er sich als König bezeichnet, mag hier einzureihen sein: *‚Mein Reich ist nicht von dieser Welt; wäre mein Reich von dieser Welt, so hätten meine Diener gekämpft, dass ich den Juden nicht ausgeliefert würde; nun aber ist mein Reich nicht von hier.'* Aber wie wir wissen, hat das alles nichts genützt."

„Für die Hohe Priesterschaft der Juden war er ein Sektierer mit wachsender Anhängerschaft, also eine Gefahr für ihre eigene Stellung. Und was machten sie? Das gleiche, was die katholische Kirche im Mittelalter tat, als Sektierer wie Zwingli, Luther usw. die herrschende Kirche kritisierten. Ja noch mehr: deren Oberhaupt, den Papst, nicht mehr anerkennen wollten. Sie griffen zu roher Gewalt, um ihre Stellung zu verteidigen. Das Werkzeug dafür war der Kaiser des heiligen-römischen Reichs deutscher Nationen. Luther etwa konnte damals seiner Exekution nur dank der Hilfe eines ihm wohlgesinnten Kurfürsten entkommen."

„Bei Jesus war das anders. Hier war Pontius Pilatus das Werkzeug, das die Dreckarbeit für die damalige Amtskirche erledigte, und zwar äußerst unwillig. Denn nach dem Johannes-Evangelium sagte er den Hohen Priestern, dass er *‚an Jesus keine Schuld fin-*

*de'*, ja bot sogar seine Begnadigung anlässlich des Passahfestes an. Aber der von der Priesterschaft aufgehetzte Pöbel wollte ihn gekreuzigt sehen."

„Schrecklich", sagte Paula. „Aber warum musste Pilatus Jesus so quälen? Der langsame Tod am Kreuz ist doch barbarisch."

„Schrecklich? Ja! Barbarisch? Nein! Diese Tötungsart kam nicht von den Barbaren, sondern war römisch", korrigierte Lukas. „Pilatus hat Jesus nicht bewusst gequält. Das waren die Knechte, die ihm aus wohl ureigenster Lust am Quälen die Dornenkrone aufsetzten. Nein. Pilatus konnte Jesus keinen nahezu schmerzfreien Tod gönnen, etwa durch Enthauptung. Er musste Jesus kreuzigen."

„Wieso musste er das?", zeigte sich Paula überrascht. „Ich dachte immer, dass Pilatus das absichtlich aus Boshaftigkeit gemacht hat, auch, um ein abschreckendes Exempel zu statuieren."

„Nein, das hat er nicht aus Bösartigkeit getan. Pontius Pilatus musste sich als römischer Statthalter an die Gesetze des römischen Reiches halten. Judäa war damals eine Provinz eines Weltreiches, in dem rund ein Viertel der gesamten Weltbevölkerung lebten. Diese Gesetze wiesen verschiedenen Gesetzesbrüchen verschiedene Strafen zu. Im Falle einer Todesstrafe sogar verschiedene Formen der Tötung. Dabei wurde unterschieden, ob der Verurteilte ein römischer Bürger, vielleicht sogar einer des römischen Adels war, oder nur ein gewöhnlicher Freier oder gar ein Sklave. Anders als den Hohen Priestern der Juden war Jesus' ‚Ketzerei' den Römern mit ihren vielen Göttern herzlich egal, solange nur auch der Kaiser als Gott verehrt wurde. Jesus wurde daher nicht wegen Ketzerei, sondern wegen aufrührerischer Aufwiegelung und Bandenbildung verurteilt. Für Jesus, der kein römischer Bürger war, stand darauf eben die Todesstrafe am Kreuz."

„Ich dachte immer", sagte Paula, „dass dies ein einmaliges, ganz besonderes Ereignis war. Immerhin wurde das Kreuz ja zum Symbol unserer Religion."

„Nein, das war keineswegs einmalig, wenn auch nicht unbedingt Routine", antwortete Lukas. „Nach dem Sklavenaufstand des Spartakus hat man an der Via Appia – das ist die südlichste der 19 Hauptstraßen, die aus und nach Rom führten – an die 6000 Sklaven gekreuzigt."

„So, aber jetzt sollten wir endlich unsere Eierspätzle bereiten. Das Wasser kocht schon eine ganze Weile", beendete Lukas das Gespräch.

Paula stand auf und holte eine Packung Bandnudeln. „Sei mir bitte nicht böse. Mir ist schon wieder übel. Ob von hier", wobei sie auf ihren Bauch zeigte, „oder von all dem, was ich gerade von dir über unsere Religion gehört habe, weiß ich nicht. Und es ist wohl auch egal. Ich kann jetzt keinen Spätzleteig anmachen. In zehn Minuten sind die Nudeln gekocht und du bekommst dein Abendessen. Mir ist der Appetit schon vergangen."

## Kap_27 Heinz sieht seine Chance

Es waren nun schon sechs Wochen, dass Heinz allein leben musste. Paula sah er zwar hin und wieder, aber auch dann nur aus großer Entfernung, wenn sie sich im Garten um das Gemüse und die Hühner kümmerte. Meist sah er sie nicht. Denn Paula kam früh morgens und ging wieder am Vormittag weg, also zu einer Zeit, wo Heinz das erste Mal schlaftrunken und verkatert aus dem Fenster blickte.

Seit Paula weg war, ging es mit Heinz bergab. Er aß fast nichts, weil er zum Kochen zu faul und zum Essengehen zu abgebrannt war. Fast alles Geld floss in den Kauf von Spirituosen, und zwar hochprozentigen. Ein Drittel einer Flasche Slibowitz, verteilt über den ganzen Tag, war eine bereits durchaus übliche Dosis. Demgemäß sah Heinz aus: Abgemagert auf maximal 60 kg, unrasiert und ungepflegt mit roten, wässrigen Augen. Seine Kleidung war schmutzig, verwahrlost und stank. Kurz: Heinz war ein schäbiger Schatten seiner selbst.

Dennoch erkannte ihn der Postbote noch:

„Guten Tag. Ein Brief für Ihre Frau. Übernehmen Sie?"

„Ja, geben Sie her."

Heinz drehte und wendete den Brief mehrmals und konnte sich keinen Reim darauf machen, warum irgendein ihm unbekanntes Labor einen Brief an

Paula schickte. Obwohl auch für Eheleute das Briefgeheimnis gilt, öffnete Heinz ohne zu zögern das Kuvert. Es enthielt einen klein gedruckten Befund, den er erst entziffern konnte, nachdem er sich im Haus seine Lesebrille aufgesetzt hatte. Was er las, ließ ihn erstarren: Paula ist schwanger. Ja, hier stand es schwarz auf weiß: Paula ist schwanger.

Heinz ließ sich schwer auf den einzigen Sessel fallen, der nicht angeräumt war. Allerhand. Paula ist schwanger. Und von wem? Natürlich von dem halbverschwuchtelten Religionslakaien, bei dem sie seit sechs Wochen wohnt. Dieses Schwein. Dieses gottverdammte Schwein! Paula ist meine Frau, schrie er immer lauter mit kreischender Stimme in das leere Haus.

Als schließlich die Stimme versagte, versuchte sein von Alkohol umnebeltes Gehirn einen klaren Gedanken zu fassen. Der erste war der, Rache am Pfarrer zu üben. Aber wie?

Der zweite war, dass Paula nun wohl wieder nach Hause zurückkäme und endlich das Haus auf Vordermann bringen und ihn gelegentlich wie früher verwöhnen könnte. Ja, als Ehefrau muss sie jetzt zurück an den heimischen Herd. Beim Pfarrer kann sie nicht bleiben, das würde dessen Bischof sicher nicht erlauben.

Aber nur dann, wenn er davon auch erfährt, sagte sich Heinz. Soll ich ihm den Befund schicken? Nein, warum soll nur er das erfahren. Alle hier im

Dorf sollen erfahren, welche Schlampe Paula ist. Danach würde sie vor ihm und nicht mehr vor dem Pfarrer zu Kreuze kriechen. Ja, mein Täubchen, so schnell können sich die Zeiten ändern, frohlockte Heinz in Erwartung des Kommenden.

Schließlich holte er ein möglichst großen Blatt Papier und setze sich an den Tisch. Mit einem groben roten Marker-Stift begann er in großen Lettern zu schreiben:

> PAULA *ist vom*
>
> PFARRER *schwanger!*

So meine Lieben, sagte er sich: Ihr beide und all die anderen werdet Augen machen, wenn ihr das als Anschlag am Kirchentor findet.

Als Heinz nach einem Klebeband suchte, wurde er unsicher. Mit dem Befund kann ich beweisen, dass Paula schwanger ist, aber nicht, dass der Pfarrer der Vater ist. Was, wenn mich der wegen Verleumdung verklagt?

Heinz zerknüllte das Blatt und holte ein neues, worauf er wieder mit großen Lettern schrieb:

> PAULA *ist schwanger!*
>
> *Vom* PFARRER?

Heinz betrachtete das neue Plakat und fragte sich: Reicht es, die gewollte Unterstellung als Frage zu formulieren, um sich nicht strafbar zu machen? Oder sollte ich vielleicht besser schreiben:

PAULA lebt seit 6 Wochen beim

PFARRER und ist nun schwanger!

Ja, da steht dann nichts, was nicht stimmt oder gar etwas unbewiesen unterstellt. So mache ich es! Heinz holte ein weiteres Blatt und vollendete stolz sein Werk.

Danach duschte er sich erstmals nach langer Zeit, rasierte sich und zog das letzte halbwegs saubere Gewand an. Jetzt, wo er unter die Leute ging, wollte er etwas gepflegter aussehen.

Dann nahm er das Klebeband und begab sich zur Kirche, um das Plakat an dessen Tor anzubringen.

Danach setzte sich Heinz etwas abseits auf eine Bank mit Blick auf das Kirchentor und harrte der Dinge, die da kommen würden. Einerseits wollte er die Reaktionen derer sehen, die das Plakat lasen, andererseits wollte er darüber wachen, dass das Plakat an seinem Platz bleibt.

Wenig später wussten fast alle im Ort von dem Plakat und kamen, um es zu bestaunen. Auch Agnes. Als sie Heinz auf der Bank erblickte, gesellte sie sich zu ihm in der Hoffnung, mehr zu erfahren.

„Hallo, Heinz", begrüßte sie ihn. „Wie geht es dir?"

„Das siehst du doch, Agnes", antwortete Heinz. „Schlecht. Wie soll es mir als Strohwitwer sonst gehen, noch dazu wenn das eintritt, was ich hier im Plakat gerade kund tat?"

„Ja, schlimm", antwortete Agnes tapfer, der vom Alkohol geschwängerten Mundgeruch des Mannes fast schlecht wurde. „Ich hätte das der tugendhaften Paula nicht zugetraut. Aber so kann man sich eben in einem Menschen täuschen. Woher weißt du überhaupt von ihrer Schwangerschaft? Immerhin habt ihr ja keinen Kontakt mehr, oder?"

„Haben wir tatsächlich nicht. Ich weiß es auch nicht von Paula, sondern aus einem Befund irgendeines Labors, den ich heute mit der Post erhielt."

„Oh, das interessiert mich sehr. Darf ich ihn sehen?"

„Schon – aber nicht umsonst."

„Wie meinst du das?", fragte Agnes zurück.

„Nun, Paula ist nun sechs Wochen weg. Das ist für einen Mann in den besten Jahren wie mich eine lange Zeit der Enthaltsamkeit, eine zu lange."

„Du spinnst", antwortete Agnes.

„Ich spinne nicht", gab Heinz zurück. „Tu nicht so gschamig. Erinnere dich an die Zeit vor rund 30 Jahren, wo du dich nicht geziert hast, für Paula während deren Schwangerschaft einzuspringen. Und zwar mehrmals. Da war ich dir offenbar gut genug. Also: Willst du den Befund sehen, oder nicht?"

Moralische Bedenken hatte Agnes keine. Aber sie schwankte zwischen ihrem Ekel vor diesem herun-

tergekommenen und offenbar schon jetzt schwer al-
koholisierten Mann und ihrer – nicht zuletzt durch
ihre Rachsucht am Pfarrer motivierten – Neugier.
Schließlich siegte Letztere und ließ sie sagen:

„Gut, ich komme mit. Aber erwarte dir nicht zu viel
von mir."

„Aber, aber, mein Täubchen. Ich weiß doch, was du
am Kasten hast. Und mein Ehrenwort. Dein Fritz
wird nichts davon erfahren. Von mir sicher nicht.
Daher gehe schon vor. Das Haus ist unversperrt
und richte das Bett für uns her. Ich bewache noch
ein wenig das Plakat und komme dann nach."


## Kap_28 Gefährliche Neugier

Als Agnes Paulas ehemalige Wohnstätte betrat, war
sie entsetzt. Was war aus der schmucken kleinen
Wohnstätte geworden. Überall Dreck, Lurch, Mist.
Der Esstisch bis auf eine kleine Fläche vollgeräumt
mit leeren Slibowitzflaschen und schmutzigen Gläsern. Ungewaschene Wäsche auf allen Stühlen bis
auf einen. Im Schlafzimmer ein Bett, dessen Laken
seit Paulas Auszug offenbar noch nie gewechselt
worden waren. Und erst der Geruch. Eine Mi-
schung aus Alkoholdunst und halbverfaulten Es-
sensresten. Agnes würgte es im Hals. Nein, wahr-
lich kein einladender Ort für ein Schäferstündchen.
Nein, hier bleibe ich nicht, sagte sich Agnes und
machte kehrt, um das Haus wieder zu verlassen.

Aber sie hatte die Rechnung ohne den Wirt gemacht. In diesem Moment kam Heinz bei der Tür herein und merkte sofort, dass Agnes kneifen wollte. Daher sperrte er die Tür hinter sich zu und schmunzelte nur: „Das Täubchen wollte doch nicht gar ausfliegen, oder?"

Und mit drohendem Nachdruck ergänzte er: „Wir haben einen Vertrag. Und Verträge sind einzuhalten, sagten schon die alten Römer. Hier ist der Befund. Bitte. Ich habe hiermit meinen Teil des Vertrages eingehalten."

„Lass mich den einmal genau studieren", versuchte Agnes Zeit zu gewinnen.

„Bitte, nur zu", antwortete Heinz. „Ich hole mir inzwischen einen kleinen Umtrunk." Heinz stand auf, holte aus der Küche eine noch ungeöffnete Slibowitzflasche mit 1 Liter Inhalt und zwei kleine Gläser.

„Magst du auch? Nein? Ich schon. Auf dein Wohl!"

Agnes studierte inzwischen den Befund, fand aber keinen für sie verständlichen Hinweis, in welcher Schwangerschaftswoche sich Paula befand. Da stand nur eine Zahlenangabe zu einer hCG-Konzentration, die eine Schwangerschaft bestätigt, aber eben keine Zeitangabe, wann die Befruchtung erfolgte. Ärgerlich. Genau das war es, was sie wissen wollte. Denn damit könnte sie möglicherweise endlich dem Pfarrer, der sie so vor den Kopf gestoßen hatte, die Vaterschaft ans Zeug flicken. Ihr letzter Racheversuch war ja leider im Sand verebbt.

„Nun, hast du gefunden, was du wissen wolltest?", fragte Heinz nach, während er sich ein zweites Stamperl Slibowitz gönnte. „Bist du nun bereit, deinen Teil des Vertrags zu erfüllen?"

„Gleich", antwortete Agnes, der durch den Geruch im Haus und den Vorgeschmack auf das Kommende immer übler wurde. Bald würde Heinz mit seinem Alkoholatem und grauslichem Mundgeruch sie zu küssen versuchen, mit seiner klebrigen Zunge in sie eindringen. Widerlich. Der Gestank eines feuerspeienden, Aas fressenden Basilisken konnte nicht schlimmer sein. Wenn Heinz sich mit einer schnellen Nummer von hinten begnügt hätte, wo sie ihn nicht sehen und kaum riechen müsste, wäre Agnes froh und einverstanden gewesen. Aber sie kannte Heinz von früher. Er würde sich damit nicht begnügen. Niemals!

Agnes suchte verzweifelt nach einem Ausweg aus der Situation, in die sie sich mit ihrer Neugier gebracht hatte. Schreien? Zwecklos. Das Haus lag ganz am Rand des Dorfes, unmittelbar an die Felder grenzend. Fliehen? Die Tür ist versperrt, die Fenster geschlossen. Bis ich eines offen habe, hat mich Heinz längst eingeholt und gepackt. Mich in mein Schicksal ergeben? Nein, ich bin nicht Paula, sagte sich Agnes.

Schließlich kam ihr eine Idee:

„Hier im Haus riecht es schrecklich. Kannst du nicht eines der Fenster öffnen und ein wenig durchlüften lassen?"

Heinz schmunzelte nur: „Damit das Täubchen durch das Fenster fliehen kann? Für wie dumm hältst du mich? Ich sehe doch, dass du deinen Teil des Vertrages nicht erfüllen willst."

Agnes musste zur Kenntnis nehmen, dass Heinz sie durchschaut hatte. Nach einer kurzen Pause kam ihr eine neue Idee, ihr Leid vielleicht sogar ganz zu vermeiden.

„Was hältst du von einer schnellen Nummer von hinten?"

„Nichts da", antwortete Heinz wie von Agnes erwartet. „Du weißt doch, dass ich sehr anspruchsvoll bin. So billig kommst du nicht weg."

„Fein, das wollte ich nur hören", log Agnes, obwohl sie lieber genau das Gegenteil gehört hätte, um die Sache auf diese Weise möglichst schnell hinter sich zu bringen. Ihre Idee resultierte aus ihrer früheren Tätigkeit in einem Strip-Lokal – nicht als Stripperin, sondern hinter der Theke: Sie wollte Heinz stockbesoffen machen. Sie wusste aus Erfahrung, wie viele Tequila oder andere Schnäpse die Besucher dort vertrugen, bevor man sie mit der Rettung zur Ausnüchterung wegführen lassen musste. Die Umsetzung dieser Idee konnte sie nun mit seiner ablehnenden Antwort in Angriff nehmen.

„Du willst also ein sehr ausgiebiges Schäferstünd-chen. Ich auch. Dazu spielen wir ein Spiel, das mich und dich in Stimmung bringen soll, wie es auch in bestimmten Strip-Lokalen gespielt wird. Die Person auf der Bühne legt ein Kleidungsstück ab, wenn man ihr einen Geldschein zusteckt. Ich beginne. Einverstanden?"

„Geht nicht", antwortete Heinz. „Ich habe erstens kein Geld und zahle auch nichts dafür, dass du vor mir strippst."

Auch das hatte Agnes klug einkalkuliert. „Schön, aber irgend etwas musst du als Belohnung oder An-reiz für den nächsten Strip geben oder tun. Ich habe eine Idee: Du leerst ein Stamperl auf mein Wohl!"

„Ok. Das ist für mich kein Problem", lief Heinz in die Falle. „Ich trinke ja sowieso ganz gerne einen Schluck. Fang an!"

Heinz' Aussage ‚einen Schluck' war stark untertrie-ben, wie Agnes wusste und jeden Moment riechen musste. Heinz hatte schon jetzt einen Blutalkohol-spiegel, wo viele andere bereits komatös am Boden lägen. Genau darauf hatte Agnes ihren Plan aufge-baut. Obwohl Heinz trinkfest war, würde eine wei-tere massive Zufuhr von Alkohol auch ihn als Ge-wohnheitstrinker in das Reich der Räusche und Träume schicken.

„Halt, nicht so schnell", widersprach Agnes, um Zeit dafür zu gewinnen, dass der Alkohol bei Heinz die erwünschte Wirkung voll entfalten könnte. „Schließlich haben wir nichts davon, wenn dann nur ich nackt bin. Du musst natürlich auch strippen. Da ich aber nicht trinkfest bin, werde ich nur ein halbes Stamperl auf dein Wohl leeren. Außer du willst eine Liebhaberin, die dir rauschig weg-schläft."

„Das will ich natürlich nicht."

Agnes schenkte ein Stamperl voll, randvoll. „So, nun sprich deinen Toast, lieber Heinz. Dann fällt bei mir das erste Kleidungsstück."

Heinz schüttete den 40-prozentigen Schnaps wie Wasser in sich hinein und murmelte irgendetwas, das wie ‚Zum Wohl' klang.

Agnes zog ihre leichte Jacke aus und schenkte das nächste Glas voll, randvoll.

„Trink", forderte sie Heinz auf, und dieser trank, ohne die Miene zu verziehen, diesmal ohne den vereinbarten Trinkspruch.

Agnes entledigte sich des linken Schuhs und schenkte das nächste Glas voll, randvoll.

„Trink", forderte sie Heinz auf, und dieser trank, ohne die Miene zu verziehen.

Agnes entledigte sich des rechten Schuhs und schenkte das nächste Glas voll, randvoll.

„Trink", forderte sie Heinz auf, und dieser trank, ohne die Miene zu verziehen.

Den Schuhen folgte erst der linke Nylonstrumpf, dann der rechte. Dann fiel das Halstuch, dann der Gürtel. Schließlich die Bluse, dann der Rock.

Nach neun randvollen Stamperln Schnaps stand Agnes nun nur noch mit ihrem Stringtanga und ihrem Büstehhalter bekleidet und mit einer Halskette geschmückt vor Heinz. Sie hatte erwartet, dass zusammen mit den beiden Stamperln vor dem Strip-Spiel Heinz Wirkung zeigen würde. Aber sie hatte sich getäuscht. Obwohl Heinz in kürzester Zeit 11 mal 2 cl, also fast ein Viertelliter 40-prozentigen Schnaps in sich hineingeschüttet hatte, geschah nicht das, was Agnes aus ihrer Erfahrung an der Theke erwartet hatte.

Dort hatte sie jeden Kunden gewarnt, im Auftrag des Lokalinhabers warnen müssen, dass jedes Stamperl rund 0,12 Promille Blutalkohol bedeutet, dass er also nach vier Schnäpsen nicht mehr fahrtauglich wäre – jedenfalls dem Gesetz nach. Denn 4 mal 0,12 Promille ist gerade noch kleiner als die vorgeschriebenen 0,5 Promille. Und wenn der Kunde entgegnete, dass der Blutalkohol ja in kurzer Zeit wieder von der Leber abgebaut wäre, musste sie ihn belehren, dass die Leber eines Mannes von etwa 80 kg Körpergewicht zum Abbau eines einzigen Stamperls rund eine Stunde braucht.

Aufbauend auf diese Erfahrung hatte Agnes im Kopf berechnet, dass Heinz mit den Schnäpsen seinen ohnehin schon bestehenden hohen Blutalkoholspiegel um nochmals 11 mal 0,12, also mindestens 1,3 Promille erhöht und damit zu Sex unfähig wird, wenn er nicht überhaupt wegschläft. Aber sie hatte sich getäuscht, Heinz war leider wirklich trinkfest. Agnes blieb somit nichts anderes übrig, als weiterzumachen.

Zunächst fiel die Halskette, dann der BH, wobei sie kokett erst die linke Brust, dann die rechte Brust aus ihrem Körbchen befreite, was Heinz drei weitere Schnäpse bescherte. Für den vierten Schnaps kam schließlich der Stringtanga an die Reihe, den sie mit allerhand schlangengleichen, vermeintlich erotisierenden Bewegungen des Körpers langsam abstreifte. Agnes stand nun so vor Heinz, wie Gott sie geschaffen hatte und wie sie schon unzählige Männer gesehen hatten – neben ihren bisher fünf Lebensabschnittspartnern.

Heinz leckte sich die Lippen und betrachtete die nackte Agnes gleichermaßen genüsslich wie gierig – mit schon ein wenig glasigen Augen, wie Agnes erfreut feststellte.

Gegenüber vor 30 Jahren bist du deutlich rundlicher geworden, liebe Agnes, stellte Heinz für sich fest. Ihre früher wohlgeformten, straffen Brüste hielten der Schwerkraft kaum mehr stand, und auch um die Hüften waren leicht überhängende Fettfalten zu sehen. Dafür war Agnes nun rasiert. Sehr gut, sagte sich Heinz. Endlich etwas Neues. Paula war in dieser Hinsicht niemals seinen Wünschen nach einem kindlich-glatten, jungfräulich anmuten-den Venushügel nachgekommen.

Heinz deute Agnes mit der Hand, sich umzudrehen. Agnes gehorchte. Auch hier: Der knackige Po war einem schwabbeligen Etwas gewichen. Heinz war enttäuscht. Seine Paula hatte sich ihre wunderbare Figur trotz zweier Kinder bewahrt. Die kinderlose Agnes nicht. Hoffentlich hat sich Agnes wenigstens ihre akrobatischen Raffinessen und ausgefallenen Ideen für immer neue Positionen beim Sex be-wahrt. Hoffentlich. Denn hier war sie seiner altba-ckenen Paula um Lichtjahre voraus gewesen. Ob auch heute, wird sich ja bald zeigen, sagte er sich.

„So, jetzt bist du dran", forderte Agnes und kam zum Tisch, wo sie sich ein nur sehr schwach halb-volles Glas Slibowitz einschenkte. Noch immer hoffte sie, dass der Kelch eines Schäferstündchens mit Heinz an ihr vorübergehen würde. Aber wenn nicht, wollte auch sie so betrunken sein, dass sie die widerlichen Tätigkeiten an und mit dem unge-pflegten und nach Alkohol stinkenden Heinz nicht wirklich mitkriegen würde.

„Auf uns, lieber Heinz", sagte Agnes und schüttete mit Todesverachtung den scharfen Schnaps in sich hinein. Für eine Frau wie Agnes, die sexsüchtig, aber nicht alkoholsüchtig ist, zeigte das sofort Wir-kung in Form eines heftigen Hustenanfalls.

Heinz lachte nur, zog sein Hemd aus und stand nun mit nackter Brust da. Agnes stellte fest, dass diese schon viel von ihrer früheren muskulösen Männlichkeit eingebüßt hatte.

Agnes schenkte ein Viertel eines Stamperls nach und trank in einem Zug aus. Widerlich, sagte sie sich. Was Heinz und andere Männer nur an diesem scharfen, fast geschmacklosen Zeug finden.

Heinz zog die Schuhe aus.

Agnes protestierte, um Zeit zu gewinnen: „Immer nur ein Stück, war vereinbart. Halte dich an die Spielregeln."

„Gut", antwortete Heinz. Als Nächstes fiel der Gürtel.

Agnes goss nach. Diesmal bedeckte der Schnaps kaum mehr den Boden des Glases, was aber Heinz nicht sehen konnte, weil sie das Glas sogleich leerte. Dennoch spürte Agnes bereits Wirkung und verstand nicht, warum das bei Heinz nach 15 Stamperln nicht der Fall war.

Aber da hatte sie sich getäuscht. Als Heinz seine lange Hose auszog, fiel er fast hin. Sein Gleichgewichtssinn war offenbar doch schon in Mitleidenschaft gezogen. Heinz brummte nur etwas, das wie ,ich habe mich nur im Hosenbein verheddert' klang, und forderte Agnes auf, wieder einzuschenken.

Agnes tat wie geheißen, aber langsam und nur ganz wenig. Denn nur mehr ein einziges Kleidungsstück, nämlich Heinz Unterhose, trennte sie von dem, was sie vermeiden hatte wollen. Socken trug Heinz nämlich keine.

Heinz schob die Unterhose nach unten. Als er sie ganz abstreifen wollte, verhedderte er sich wiederum, wobei er diesmal wirklich hinfiel. Mühsam rappelte er sich auf und rieb sich den schmerzenden Ellbogen, auf den er gefallen war.

„Gib mir noch einen Schluck gegen die Schmerzen, liebste Agnes", sprach Heinz mit bereits unüberhörbar schwerer Zunge. Agnes ließ sich das nicht zweimal sagen und reichte Heinz ein volles, randvolles Glas Schnaps.

Heinz trank es in einem Zug aus. „So, also, liebste Agnes, jetzt zeig deinem Heinzi, was du kannst!", lallte Heinz und ergriff Agnes rechte Hand, um sie daran in das Schlafzimmer zum Bett zu ziehen.

Es half nichts. Es musste sein. Agnes fasste mit ihrer linken Hand die bereits zu einem guten Drittel leere Slibowitzflasche, um sich nötigenfalls auch gegen den Ekel bis zur Bewusstlosigkeit zu betrinken. Dann kam ihr aber eine weit bessere Idee.

„So, jetzt spiele ich Domina und du bist mein Sexsklave! Verstanden?", sagte Agnes barsch.

„Jawohl, Herrin", lallte Heinz.

Agnes drehte sich auf den Rücken, öffnete die Schnapsflasche und füllte daraus die Grube am Bauch rund um ihren Nabel. „Auflecken!", befahl sie. Heinz gehorchte. Dann übergoss sie ihre Brüste mit dem Schnaps und befahl: „Ablecken!" Heinz leckte und schleckte folgsam. Das Erste heute, dachte sich Agnes, was auch mir Spaß macht. Dann goss sie immer wieder Schnaps in ihre Nabelsenke und ließ Heinz den Schnaps aufschlürfen.

Als Heinz nicht mehr so recht wollte, begann sie, während er schlürfte, sein bestes Stück zu streicheln. Das gefiel ihm und so schlürfte er folgsam weiter, bis sein Kopf plötzlich ohne jede Vorwarnung abrupt von ihrem Bauch herunterglitt. Heinz war offenbar eingeschlafen.

Gott sei Dank, sagte sich Agnes. Als sie die inzwischen zur Hälfte geleerte Schnapsflasche betrachtete, war ihr das nur allzu verständlich. Hätte sie soviel getrunken, wäre sie wahrscheinlich schon tot.

Agnes stand auf, ziemlich unsicher, denn auch sie hatte weit mehr getrunken, als sie vertrug, und zog sich an. Die halb leere Schnapsflasche ließ sie neben Heinz im Bett liegen. Heinz würde sie brauchen, um wie üblich seinen Kater mit einer neuerlichen Alkoholzufuhr zu bekämpfen. Dass sie sich darin gründlich irrte, konnte sie nicht wissen.

## Kap_29 Eine furchtbare Entdeckung

Paula und Lukas hatten inzwischen auch den Tumult vor dem Kirchentor mitbekommen. Als sie Nachschau hielten, waren sie entsetzt. Wer hatte das Plakat hier angebracht, fragten sie die Umstehenden. Es war Heinz, war deren Antwort. Bis vor Kurzem saß er noch dort auf der Bank und hatte das Spektakel offenbar genossen.

„Woher weiß das Heinz?", flüsterte Paula zu Lukas. „Ich habe niemandem davon erzählt, außer dir und der Ärztin. Zudem ist es ja bisher nur eine unbestätigte Vermutung. Auch von meiner morgendlichen Übelkeit weiß außer euch beiden niemand. Ich verstehe das nicht."

„Dann lass uns zu Heinz gehen, um das zu klären", schlug Lukas vor.

„Nein, nicht jetzt", entgegnete Paula. „Im Moment bin ich derart wütend, dass ich vielleicht etwas Unüberlegtes sage oder sogar mache. Morgen Früh muss ich sowieso wieder nach meinen Hühnern schauen. Da werde ich das klären. Wenn du mitkommst, wäre ich dir dankbar. Heinz ist gewalttätig, sodass ich vielleicht auf deinen männlichen Schutz angewiesen bin."

„Gerne, liebe Paula."

„Vor allem die unausgesprochene Verdächtigung dir gegenüber, lieber Lukas, ärgert mich. Eine bodenlose Gemeinheit ohne jede faktische Grundlage."

„Wirklich?", widersprach ihr Lukas mit sanfter Stimme. „Hast du die Nacht von Montag auf Dienstag vor sechs Wochen vergessen?"

„Wie könnte ich die Sternstunde meines Lebens vergessen. Nein. Aber davon weiß niemand außer wir beide. Also ist es kein Faktum, auf das Heinz Bezug nehmen könnte."

Am nächsten Tag brachen Paula und Lukas erst um 8 Uhr in der Früh auf. Das war deutlich später als sonst, weil Paula ja den Langschläfer Heinz wach antreffen wollte. Als die beiden dort ankamen, gingen sie nicht gleich ins Haus. Paula wusste, dass Heinz zu dieser Zeit noch schlief. Eigenartig war nur, dass dennoch im Wohnzimmer Licht brannte. Egal. Jetzt sind einmal die Hühner zu versorgen und das reife Obst und Gemüse zu ernten.

„Kann ich dir irgendwie helfen?", fragte Lukas.

„Ja gerne. Zum Beispiel könntest du die Tomaten pflücken. Da kannst du als ungelernte Hilfskraft nicht viel falsch machen", neckte Paula.

„Ich bin keine ungelernte Hilfskraft, sondern eine promovierte", stieg Lukas auf das Spiel ein. „Gib mir aber bitte ein Gefäß dafür!"

Paula reichte ihm eine kleine Holzsteige und wandte sich dann wieder dem Auffüllen der Wassergefäße und dem Ausstreuen von Maiskörnern und anderen Leckereien für die Hühner zu.

„Ich bin fertig, Chefin", erklang es nach nicht allzu langer Zeit von den Tomatenstauden her. „Was soll ich nun tun?"

„Es wäre lieb, wenn du noch die Brombeeren pflücken würdest. Unter der Sitzbank findest du dafür ein paar Plastikbecher. Wenn du damit fertig bist, könntest du auch nach den Himbeeren schauen. Ich kümmere mich inzwischen um meine Bienen."

Inzwischen war es bereits halb zehn Uhr geworden. Noch immer rührte sich nichts im Haus.

„Ungewöhnlich", sagte Paula zu Lukas. „Um diese Zeit ist Heinz schon meist munter – außer er hatte am Vortag einen Vollrausch."

„Was mich angesichts seiner Plakataktion nicht überraschen würde", ergänzte Lukas. „Lass uns doch einfach nachschauen, ob er schon wach ist."

Ohne eine Antwort abzuwarten ging Lukas zur Eingangstür, die sich als unversperrt erwies. Paula folgte ihm ins Haus. Gestank nach Alkohol, verdorbenen Speiseresten, ja Erbrochenem empfing sie. Zu diesem olfaktorischen Willkommensgruß gesellte sich ein optischer. Dreckige Wäsche am Boden und auf den Sesseln, unzählige leere Schnapsflaschen samt schmutzigen Gläsern am Esstisch. Anders als Lukas war Paula nicht überrascht, was sie hier zu riechen und zu sehen bekam.

Heinz war hier nicht zu sehen, auch nicht in der Küche. Schließlich gingen sie ins Schlafzimmer. Da lag er im Ehebett. Völlig nackt in einer Lache von Erbrochenem. Lukas wendete sich gleich ab. Paula nicht. Sie wusste nur zu gut, wie Heinz aussieht; im Moment allerdings sehr bleich, mit komischen Flecken. Kein Wunder dachte sie sich, als sie neben ihm die halb geleerte Schnapsflasche im Bett entdeckte. Offenbar war diese nun der Ersatz für sie im Ehebett. Auch wenn es jetzt im Hochsommer selbst in der Nacht nicht wirklich kalt wurde, wollte sie Heinz nicht so nackt liegen lassen. Zudem wollte sie Lukas diesen Anblick ersparen.

Paula holte aus dem Wohnzimmer ihre Kuscheldecke und breitete diese über Heinz. Der schien das gar nicht zu bemerken. Der muss wirklich tief und fest schlafen, sagte sie sich. Als sie die Decke zurechtrückte, fiel Heinz linker Unterarm, der auf seinem Bauch gelegen hatte, schlaff zur Seite und nach unten. Sonderbar. Als Paula die Decke sodann unter der Brust leicht festzuklemmen versuchte, merkte sie plötzlich, dass Heinz nicht mehr atmete.

Mit einem markerschütternden Schrei taumelte Paula in die Höhe. Lukas griff nach ihr, um sie am Fallen zu hindern. Dann begriff auch er, warum Paula so geschrien hatte. Er setzte Paula auf das Fußende des Bettes, um seine Hände für erste Hilfemaßnahmen frei zu machen.

Er tastete am Handgelenk und am Hals nach dem Puls, konnte aber keinen finden. Die bleiche, fleckige Haut fühlte sich kalt und leblos an. Für Lukas stand fest, dass Heinz tot war. Und zwar schon eine ganze Weile. Dennoch sagte er zu Paula: „Wir müssen die Rettung rufen."

Als Paula nur stumm mit Tränen in den Augen nickte, holte Lukas sein Handy heraus und setzte einen Notruf ab.

Wenige Minuten später stürmten ein Arzt und Notfallsanitäter herein. Paula deutete nur wortlos auf Heinz. Sekunden später wurde ein EKG geschrieben und die Körpertemperatur im Ohr gemessen.

„Nichts zu machen. Sehen Sie die Flecken? Der Mann ist schon einige Stunden tot", sagte schließlich der Arzt zu Paula. „Ihr Mann?"

Paula nickte stumm. Auch wenn ihre Ehe ein einziger Alptraum war, ging ihr Heinz' Tod doch nahe. Immerhin hatte sie mit diesem Menschen 32 Jahre lang zusammengelebt. Plötzlich kamen ihr die Worte der Gottesmutter unmittelbar vor der letzten Maiandacht wieder in den Sinn: ‚Bis dass der Tod euch scheidet' war damals ihr Trost gewesen. Die Gottesmutter Maria hatte offenbar schon gewusst, was kommen würde.

„Als Todesursache", fuhr der Arzt mit einem bedeutungsschweren Blick auf die halb leere Slibowitzflasche fort, „scheint eine akute Alkoholvergiftung oder Ersticken am Erbrochenem vorzuliegen."

„Woran erkennen Sie das?", wollte Paula wissen.

„Ich erkenne es nicht unmittelbar. Erst eine eingehende Untersuchung der Atemwege und ein Bluttest wird meine Vermutung bestätigen oder widerlegen. Aber betrachten sie die halb leere Slibowitzflasche, die neben ihm im Bett liegt. Die hat er offenbar allein ausgetrunken. Oder können Sie sich vorstellen, dass er völlig nackt gemeinsam mit einem oder mehreren Gästen gezecht hat? Ich nicht."

„Also brauche ich", fuhr er fort, „nur ein wenig Mathematik. In der Flasche fehlen rund 500 ml Schnaps, das sind 25 Stamperl zu je 20 ml. Ich als einer, der oft mit Alkoholikern zu tun hat, weiß, dass in einem solchen Stamperl rund 6 g reiner Alkohol sind. Nach der Widmark-Formel kann man daraus unter Berücksichtigung des Geschlechts und des Körpergewichts der Person den Blutalkoholgehalt berechnen: Heinz war ein Mann von schätzungsweise 60 kg Körpergewicht, was – lassen Sie mich kurz im Kopf rechnen – pro Stamperl rund 0,14 Promille ergibt. Nun hat er aber offensichtlich allein 25 solche Stamperl gekippt, was 25 mal 0,14 Promille, also rund 3,5 Promille Blutalkohol ergibt. Ein Wert, der für viele Personen schon tödlich ist."

„Offen bleibt, ob er gezwungen oder freiwillig soviel trank; falls freiwillig, ob er absichtlich oder unabsichtlich Selbstmord beging, indem er die Folgen seines Alkoholkonsums unterschätzte. Daher muss ich Anzeige erstatten und bitte Sie, bis zum Eintreffen der Polizei hier nichts zu verändern. Wenn die Polizei alles aufgenommen hat, wird diese auch den Abtransport des Toten in die Pathologie veranlassen. Dort wird dann auch die Todesursache ermittelt und der Totenschein ausgestellt werden."

Mit diesen Worten gab er seinem Helfer einen Wink und sie verließen das Haus.

## Kap_30 Polizeiliche Untersuchung

Eine halbe Stunde später erschien die Polizei. In deren Gefolge auch einige Dorfbewohner. Das Gerücht, dass Heinz gestorben wäre, hatte sich rasend schnell verbreitet. Als Paula ihnen verbot, ihren Hof zu betreten, versuchten sie vom Gatter her einen Blick auf das Geschehen zu erhaschen.

Auch Agnes war gekommen und bat eintreten zu dürfen. Schließlich wäre sie Paulas beste Freundin und hätte Heinz ja auch seit Jahrzehnten gut gekannt. Wie gut, das wussten nur Heinz und sie. Und Heinz war tot. Niemand würde also jemals erfahren, was sie beide vor 30 Jahren miteinander alles getrieben hatten.

Paula sagte notgedrungen ja. Sie wollte hier und jetzt keinen Streit provozieren, obwohl sie seit der Geschichte mit den Fotos, ihrer Unterwäsche und dem zerwühlten Bett im Pfarrhaus Paula misstraute. Es gab zwar keine stichhaltigen Beweise dafür, dass Agnes hinter der damaligen Kampagne stand, aber viele Indizien sprachen dafür.

Der Polizist nahm zunächst die Personalien von Paula und Lukas auf, um dann mit der eigentlichen Untersuchung zu beginnen.

„Der Tote ist, pardon, war Ihr Mann", wandte er sich an Paula.

„Ja."

„Sie und der Herr Pfarrer haben den Toten gefunden?"

„Ja."

„Wann war das genau?"

„Heute um etwa halb zehn."

„Geht das genauer?"

„Ja", antwortete Lukas und nahm sein Handy heraus. „Ich habe den Notruf um 9:37 abgesetzt. Nur Minuten davor hatten wir das Haus betreten und Heinz so vorgefunden, wie Sie ihn jetzt sehen."

„Warum haben Sie das Haus um diese Zeit betreten? Wenn der Tote Ihr Mann ist, pardon, war, darf ich doch annehmen, dass Sie beide hier im Ehebett geschlafen haben, oder?"

„Nein", widersprach Paula. „ich habe seit etwa sechs Wochen nicht mehr hier geschlafen. Oder glauben Sie, dass ich in ein solches verdrecktes Bett gestiegen wäre?"

Der Polizist zuckte nur die Schultern und blickte sie weiter fragend an.

„Ich bin nach einer gewalttätigen Szene vor sechs Wochen in den Pfarrhof geflüchtet und fand dort vorübergehend Asyl."

„Stimmt das?", wandte sich der Polizist an den Pfarrer.

Als dieser nickte, fuhr der Polizist fort: „Das erklärt mir plausibel, warum es hier sehr unaufgeräumt aussieht. Das erklärt aber noch nicht, warum Sie heute hierherkamen."

„Ich kam fast täglich hierher, und zwar allein, ohne aber das Haus zu betreten. Immerhin muss ich mich um meine Hühner und Bienen sowie um meinen Garten kümmern. Ich lebe schließlich davon."

„Warum kamen Sie dann heute in Begleitung des Pfarrers?"

„Weil ich Heinz wegen der gestrigen Plakataktion zur Rede stellen wollte. Und da Heinz, wie ich schon aussagte, gewalttätig war, bat ich den Pfarrer zu meinem persönlichen Schutz mitzugehen."

„Bleibt die Frage, warum hier so viele leere Slibo-witzflaschen stehen. War Ihr Mann Alkoholiker?"

Paula nickte heftig.

„Ein Genusstrinker, ein Quartalssäufer oder ein Spiegeltrinker?", bohrte der Polizist weiter.

„Was meinen Sie mit diesen Bezeichnungen?", zeigte sich Paula verwirrt.

„Nun, hat er nur gelegentlich ein Stamperl Slibo-witz als Genießer zu sich genommen, oder hat er quartalsweise einen deutlich über den Durst bis hin zum Vollrausch getrunken, oder hat er regelmäßig so viel getrunken, dass man von einem andauernd hohen Blutalkoholspiegel sprechen muss?"

„Heinz war ständig mehr oder weniger betrunken, auch wenn man ihm das nicht immer ansah. Ich würde daher sagen, er war ein Spiegeltrinker."

„Wie hat Heinz Ihre Flucht in den Pfarrhof weggesteckt? Hat er vielleicht Selbstmordgedanken geäußert?"

„Nicht dass ich oder sonst wer davon wüssten", antwortete Paula für sich, Lukas und Agnes, die zustimmend nickten.

„Schön. Lassen wir das einmal so stehen. Nicht alle Selbstmörder kündigen ihren Suizid an. Zudem muss er das nicht Ihnen gegenüber gesagt haben. Hatte er noch andere Freunde, Verwandte, an die er sich gewandt haben könnte?"

Paula verneinte: „Heinz hatte keine Geschwister. Seine Eltern sind schon tot und wirkliche Freunde gab es auch nicht. Am ehesten noch Agnes als Freundin seit der gemeinsamen Schulzeit."

Der Polizist wandte sich an Agnes: „Hat er Ihnen gegenüber Selbstmordgedanken geäußert oder sich sonst wie Hilfe suchend an Sie gewandt?"

Agnes überlegte, was sie an Informationen preisgeben wollte oder musste: Dass sie gestern hier war und Heinz mit Schnaps bis zur Bewusstlosigkeit abgefüllt hatte und so vielleicht sogar dessen Tod verschuldete, sicher nicht. Selbst wenn sie jemand hier hereinkommen sah, was sie nicht glaubte, konnte sie sich später immer noch ausreden, dass sie als Frau Heinz den Befund erklären sollte. Dass sie sich zu Heinz bei der Kirche auf die Bank gesetzt hatte, sollte sie wohl besser nicht verheimlichen. Denn das hatten viele Dorfbewohner gesehen und würden das wohl auch aussagen.

„Nein", antwortete sie daher, „hat er nicht. Allerdings hat Heinz gestern ein Plakat an das Kirchentor geklebt. Viele im Dorf haben das gesehen und nicht recht verstanden, warum er das tut. Auch ich nicht. Deshalb habe ich mich zu ihm auf die Bank vor der Kirche gesetzt und ihn gefragt."

„Ja, weiter", zeigte sich der Polizist interessiert.

„Auf dem Plakat stand, dass Paula schwanger sei. Ob das stimmt, weiß ich nicht", log Agnes ohne rot zu werden. „Was ich von ihm wissen wollte, war, warum er das am Kirchentor plakatiert. Viele hier im Dorf waren schon schwanger; Paula zum Beispiel zweimal. Aber niemand, auch Heinz nicht, kam bisher auf die Idee, das zu plakatieren."

„Hat sich Heinz über die Schwangerschaft seiner Frau gefreut?"

Agnes frohlockte. Endlich konnte sie ganz offiziell am Pfarrer Rache nehmen und Gerüchte gezielt in die Welt setzen: „Ich glaube nicht. Das ist natürlich mein subjektiver Eindruck. Irgendwie deutete er an, dass er gar nicht der Vater wäre."

„Wer dann?", gab sich der Polizist nicht zufrieden.

Agnes spielte ihre Rolle hervorragend. Treuherzig und entschuldigend blickte sie zum Pfarrer und sagte mit leiser Stimme: „Er hatte den Pfarrer in Verdacht." Jetzt war es heraus. Agnes frohlockte, musste sich aber eisern beherrschen, dass man ihr das nicht ansah.

Der Polizist blickte zum Pfarrer und fragte ganz unverblümt. „Ist der Verdacht berechtigt?"

Der Pfarrer überlegt, was für ihn und vor allem auch Paula opportun wäre, um schließlich zu sagen:

„Paula wohnt nun seit sechs Wochen im Pfarrhof, gegen den Willen ihres Mannes. Das muss ihn wohl sehr geärgert und zu Racheaktionen angestachelt haben. Warum sonst hätte er das Plakat wohl ausgerechnet an der Kirchentür angebracht? Am Plakat selbst steht diese Unterstellung jedenfalls nicht. Und Gerüchte sind nun mal ganz leicht ausgestreut."

Der Polizist nickte. „Ist die Schwangerschaft auch nur ein Gerücht?"

„Ja und nein", antwortete Paula. „Ich habe noch keine Bestätigung dafür, tatsächlich schwanger zu sein, obwohl vieles dafür spricht. Ich erwarte in den nächsten Tagen einen diesbezüglichen Laborbefund."

Agnes mischte sich ein: „Von so einem Laborbefund hat Heinz gestern gesprochen. Offenbar hat

ihn die Post hierher und nicht in den Pfarrhof zugestellt."

Bei diesen Worten ließ Agnes demonstrativ ihren
Blick scheinheilig im Esszimmer kreisen, obgleich
sie genau wusste, wo sie den Befund abgelegt hatte.
Schließlich tat sie so, als ob sie ihn gerade entdeckt
hätte und brachte ihn Paula.

Paula machte nur einen Blick darauf und nickte.
Hier stand genau das, was sie inzwischen längst
wusste und woran sie täglich in der Früh durch
Übelkeit erinnert wurde. Sie war schwanger. Von
wem, stand natürlich nicht im Befund.

Der Polizist nahm noch Agnes Personalien auf und
zückte die Kamera.

„Ich werde nun ein paar Fotos machen. Wurde hier
von Ihnen irgendetwas verändert?"

„Nein", antwortete Paula. „Das Einzige, was wir
machten, war Heinz mit einer Decke zuzudecken,
die ich aus dem Wohnzimmer geholt hatte. Aber die
hat der Arzt schon zur Seite geschoben. Also ist alles wieder weitestgehend so, wie wir es vorgefunden haben."

Daraufhin dokumentierte der Polizist den Tatort
und den Toten mit mehreren Fotos. Dann zog er
Handschuhe an und packte die halbleere Slibowitzflasche in ein Plastiksackerl.

Agnes erbleichte. Um Gottes willen, sagte sie sich,
auf dieser Flasche sind meine Fingerabdrücke. Da-

mit kann man nachweisen, dass ich sie in der Hand hatte. Beim Befund, lobte sie sich, kann ich meine Fingerabdrücke erklären, weil ich ihn ja Paula eben brachte. Aber wie soll ich die auf der Flasche erklären? Agnes Gehirn arbeitete fieberhaft, fand aber keine vernünftige Lösung.

Soll ich dem Polizisten sagen, dass ich die Flasche Heinz geschenkt habe und daher meine Fingerabdrücke drauf sind? Damit würde ich wohl schlafende Hunde wecken, sprich die Frage herausfordern, wann und warum das passierte.

Soll ich dem Polizisten sagen, dass Heinz die Flasche zum Mut-Antrinken bei der Plakataktion mit hatte und mich zu einem Schluck einlud? Dort gab es viele Zeugen, und keiner würde das bestätigen können oder wollen, weil es ja nicht geschah. Also auch keine gute Idee.

Soll ich den Polizisten scheinbar unabsichtlich anrempeln, damit er die Flasche fallen lässt und diese zerbirst? Das beseitigt aber auch nicht meine Fingerabdrücke, sagte sie sich.

Außerdem war es dafür bereits zu spät. Der Polizist hatte alles eingepackt und verabschiedete sich gerade von Paula und Lukas. Dann kam er auf sie zu: „Bitte halten auch Sie sich bereit, Ihre Aussagen zu unterschreiben. Ich melde mich dann bei Ihnen."

Agnes ließ die Angst vor ihrer Entdeckung nicht los. So nahm sie allen ihren Mut zusammen und sprach das Thema von sich aus an. Wie man Gespräche, insbesondere mit Männern, einfädelt, wusste sie spätestens seit ihrer Zeit als Barfrau nur allzu gut.

„Sie sind doch ein erfahrener Polizist und haben sich sicher schon ein Bild des schrecklichen Ereignisses gemacht", begann sie das Gespräch, wobei sie versuchte ein paar Tränen herauszudrücken, „das mich als langjährige Bekannte, ja Freundin des Toten natürlich tief bewegt und unendlich traurig macht."

Einem Mann gleichzeitig Honig ums Maul zu schmieren und die arme, Mitleid und Tröstung suchende arme Frau zu spielen, hatte noch immer zum gewünschten Erfolg geführt. Abgesehen vom Pfarrer – was sie diesem noch immer nicht verziehen hatte. „Was glauben Sie? Hat er sich im Schmerz, dass ihm seine Frau davonlief, selbst mit Alkohol umgebracht?"

„Das halte ich für durchaus denkbar", antwortete der Polizist. „Jedenfalls schaut es hier nicht nach einem Kampf aus, weder den Tatort betreffend in Form von umgestoßenen Stühlen, zerbrochenen Gegenständen etc., noch in Form irgendwelcher Kampfspuren wie Abschürfungen am Körper des Toten. Die blutunterlaufenen Stellen sind Totenflecken. Dass man ihm den Alkohol mit Gewalt einflößte, ist damit wohl auszuschließen. Dass sein Tod das unbeabsichtigte Ergebnis eines Zechgelages mit irgendwelchen anderen Personen war, erscheint mir auch sehr unwahrscheinlich."

„Haben Sie auch bemerkt", fragte der Polizist Agnes, „dass nur ein einziger Sessel nicht angeräumt war? Wo hätten die Leute sitzen sollen? Außer im Bett war nirgends Platz. Möglich wäre noch, dass er sich eine Frau zu einem Zechgelage samt Sex eingeladen hat. Dagegen spricht die wirklich nicht einladende Umgebung voller Schmutz und Gestank. Keine Frau bliebe hier, nicht einmal eine Nutte. Für Sex spricht, dass er nackt war. Aber dafür gibt es auch eine andere, naheliegendere Erklärung. Der Tod tritt bei Selbstmord mit Alkohol nicht unbedingt durch Versagen der Leber, also durch Vergiftung ein, sondern oft durch Erfrieren."

Agnes zeigte sich überrascht: „Wie bitte? Erfrieren?"

„Sie haben mich richtig verstanden, Gnädigste", fuhr der Polizist fort, sich mit seinem profunden Wissen vor Agnes zu produzieren, die ihm das auch mit anhimmelnden Blicken dankte und ihm so immer neue Details entlockte. „Alkohol erweitert die Hautblutgefäße und führt daher zu einem hohen Wärmeverlust des Körpers. Deswegen sterben Obdachlose, die im Winter schwerst betrunken auf einer Parkbank liegen, nicht an der Vergiftung, sondern erfrieren. Der Verstorbene könnte sich also nackt ausgezogen und bewusst nicht zugedeckt haben, um betrunken friedlich einzuschlafen und quasi schmerzlos zu erfrieren. Mager wie er war, kühlte seine Körper rasch aus. Dazu passt, dass die letzte Nacht für den Hochsommer ungewöhnlich kalt war. Kurz: Ich halte dieses Szenario für durchaus denkbar. Sein abgemagerter und ungepflegter Körper wie auch die vielen leeren Schnapsflaschen sind ein starkes Indiz dafür, dass ihn sein Leben nicht mehr freute. Ich gehe daher von einem durch den Schwangerschaftsbefund ausgelösten Selbstmord ohne Fremdverschulden aus."

Agnes fiel ein zentnerschwerer Stein von ihrem Herzen, wollte aber ganz sicher gehen: „Warum haben Sie dann die halbleere Schnapsflasche mitgenommen?"

„Sicher ist sicher. Ich will mir später nicht sagen lassen, unprofessionell gehandelt zu haben. Sollte sich etwa bei der Obduktion herausstellen, dass der Tote unter Schlafmitteleinfluss stand und man zusätzlich eine frische Einstichstelle in eine Vene finden, wo man dem betäubten Mann direkt Alkohol ins Blut injizierte, dann sieht die Sache ganz anders aus. Dann war die im Bett platzierte Flasche ein Fake, um Selbstmord vorzutäuschen. Dann werden wir diese natürlich auf Fingerabdrücke untersuchen. Aber wie schon gesagt. Das halte ich für graue Theorie."

„Wirklich toll, wie Sie das alles in der kurzen Zeit hier genau beobachtet und analysiert haben, was wir kriminalistisch völlig Unbedarfte nicht wahrgenommen, geschweige verstanden haben. Meine Gratulation", lobte Agnes den leutseligen Polizisten mit großer Erleichterung.

„Nun muss ich aber gehen", schloss der Polizist die Unterhaltung. Nach einem kurzen Gruß verließ er mit seinem Kollegen den Ort des grausigen Geschehens.

Paula und Lukas zeigten wenig Lust hier aufzuräumen, mussten aber noch ausharren, bis die Leiche endlich abtransportiert wurde. Dann wandten sie sich zum Gehen und bedeuteten Agnes, dass auch sie gehen möge.

Diese warf einen letzten Blick auf den Ort, wo sie Heinz mit Alkohol bis zur Bewusstlosigkeit abgefüllt hatte. Bin ich eine Mörderin, fragte sie sich? Ich habe doch nur in Notwehr gehandelt, zudem ohne den Vorsatz, Heinz umzubringen. Nein, ich bin keine Mörderin. Mit dieser festen Überzeugung verließ sie erleichtert Paulas Haus.

## Kap_31 Die Journaille

Ein solches Geschehen war nicht nur für das Dorf ein besonderes Ereignis, sondern natürlich auch für die lokale Presse ein gefundenes Fressen. Irgendwie hatte sie, ob nun auf legalem oder illegalem Weg aus den Polizeiberichten oder über direkte Anrufe oder wie auch immer von den Vorkommnissen

Wind bekommen und ein Reporterteam auf die Reise geschickt.

Schon am nächsten Morgen läutete das Team an der Tür des Pfarrhofs. Paula öffnete.

„Guten Tag, gnädige Frau. Wir kommen vom hiesigen Lokalblatt und würden gerne ein paar Worte mit dem Pfarrer sprechen. Wir wären Ihnen sehr verbunden, wenn Sie uns zu ihm führten."

Paula war von der Ankunft der Presse nicht gerade begeistert: „Das geht leider nicht, weil der Herr Pfarrer schon in der Schule ist und dort Religionsunterricht gibt."

„Wären Sie, gnädige Frau, an seiner Stelle bereit, uns ein paar Fragen zu beantworten. Ich verspreche Ihnen, das dauert nicht lange."

Um die Reporter möglichst schnell wieder loszuwerden, willigte Paula ohne große Freude schließlich ein.

„Wir hörten, dass es hier im Ort einen Toten durch eine Alkoholvergiftung gab."

Woher wissen die das, obwohl nicht einmal ich das mangels eines Totenscheins mit ausgewiesener Todesursache schon weiß, fragte sich Paula gleichermaßen nachdenklich wie überrascht.

„Ja, es gab einen Toten. Die Todesursache ist aber noch unklar."

„Kannten Sie den Toten?"

„Ja."

„Woher?"

„Er war mein Mann."

Der Reporter zeigte sich nicht überrascht. Wahrscheinlich hatte er das ebenso schon gewusst wie dass ich hier im Pfarrhaus wohne und hat daher gleich hier angeläutet, sagte sich Paula.

„Dürfen wir von Ihnen ein Foto machen?"

„Nein."

„Schade. Aber von dem Plakat schon, das an der Kirchentür hängt?"

„Wenn Ihnen das hilft, fotografieren Sie es – falls es überhaupt noch dort hängt."

„Das tut es. Wir haben uns schon davon überzeugt."

Der zweite Mann verschwand kurz in Richtung Kircheneingang, wohl um dort das Foto zu schießen.

„Übrigens mein Beileid zum Verlust Ihres Mannes. Allerdings hört man, dass Sie schon in Scheidung lebten."

„Nein. Wir lebten nur getrennt."

„Heißt das, dass Sie ständig hier im Pfarrhaus leben?"

„Ja."

„Warum? Wenn Ihr Mann nicht mehr lebt, könnten Sie doch in Ihre bisherige Wohnstätte zurückkehren", ließ der Journalist nicht locker.

„Ja, das könnte ich. Allerdings erst, nachdem ich das Haus gründlich geputzt habe."

„Also ist der Grund nicht der, der immer wieder zu hören ist, dass Sie weiterhin hier leben, weil – nun ja, wie soll ich es ausdrücken – weil sie eben mit dem Pfarrer gemeinsam leben wollen."

„Hören Sie, der Pfarrer hat mir vor meinem gewalttätigen Mann Asyl geboten. Genau aus dem Grund wollte ich hier leben. Was die Zukunft bringt, wird sich noch weisen, da der Asylgrund ja nun weggefallen ist."

„Stimmt es, dass Sie schwanger sind?"

Paula reagierte erbost: „Was geht Sie das an?"

„Mich nichts. Aber wir versuchen immer unsere Leserschaft objektiv über das zu informieren, was irgendwo, nun eben hier, passierte. Und am Plakat steht nun einmal drauf, dass Sie schwanger sind. Daher wird man doch noch fragen dürfen, ob das stimmt oder nicht."

„Ich verstehe noch immer nicht, warum das Ihre Leserschaft interessieren könnte. Aber zu Ihrer Frage: Ja, es stimmt."

„Das heißt, dass Sie jetzt das Kind eines Toten austragen müssen."

„Ich muss nicht. Denn es gäbe ja auch noch die Fristenlösung."

„Das könnten Sie mit Ihrem Gewissen vereinbaren? Immerhin wurden Sie uns als tiefgläubige Frau geschildert."

„Von wem wurde Ihnen das geschildert? Und was geht Sie mein Gewissen und mein Glaube an?", fragte Paula zunehmend genervt.

„Mich persönlich nichts, das sagte ich ja schon. Aber unsere Leserschaft will das wissen."

„Ihre Leserschaft ist mir herzlich egal. Ich werde diese Ihre Frage nicht beantworten."

„Dann vielleicht die, wie es ist, mit einem Pfarrer unter einem Dach zu wohnen."

Als Paula nicht antwortete, bohrte der Reporter weiter. „Wo haben zum Beispiel Sie und der Pfarrer hier geschlafen?"

Paula war so verärgert über die Frage, dass sie trotzig antwortete. „Ich habe im Bett des Pfarrers geschlafen." Sofort danach biss sie sich auf die Lippen. Aber der Satz war gesagt und nicht mehr zurückzunehmen.

Der Reporter schien über ihre letzte Antwort nicht nur zufrieden, sondern sogar hoch erfreut zu sein. Er lächelte vielsagend und beendete das Interview, indem er sich höflich für dieses bedankte. Dann zog er fröhlich pfeifend mit seinem Kollegen ab.

Als Lukas zu Mittag von der Schule heimkam, fand er Paula gleichermaßen verärgert wie niedergeschlagen vor.

„Was ist los mit dir?", fragte er mitfühlend.

„Ach, die Presse war heute da und hat mich zu einem Interview überredet. Dabei war ich wieder einmal – du kennst mich ja diesbezüglich – mit einer Antwort vorschnell. Mit einer sehr dummen Antwort."

„Und die wäre?"

„Man fragte, wo ich hier im Pfarrhaus schlafe. Und ich dumme Gans sagte, im Bett des Pfarrers."

„Ja, aber das stimmt doch", lachte Lukas, um aber gleich wieder ernst zu werden. „Dass ich dort nicht gleichzeitig schlafe, hast du dem Reporter aber wahrscheinlich nicht gesagt."

Paula nickte.

„Damit wird bei den Lesern natürlich der Eindruck entstehen – oder sogar bewusst geschürt werden – dass wir miteinander schlafen. Egal. Das lässt sich nicht mehr ändern. Lass uns mittagessen und warten wir ab, was aus deinem Interview entsteht."

## Kap_32 Ehe?

Paula und der Pfarrer brauchten nicht lange zu warten, was aus dem Interview entstehen würde. Schon am nächsten Tag, Paula und Lukas saßen gerade beim Mittagessen, da klingelte Lukas Handy.

„Ja, sehr gern. … Natürlich. … Ich freue mich sehr. … Nicht nötig. Bleiben Sie doch … Abgemacht", waren die Wortfetzen, die Paula mithören konnte. Neugierig sah sie Lukas an, nachdem dieser das Gespräch beendet hatte.

„Es war der Sekretär des Bischofs. Die beiden werden uns am Sonntag besuchen. Besser gesagt: visitieren, also nach dem Rechten schauen. Dazu gehört, dass der Bischof sich das Pfarrhaus ansieht, möglicherweise auch einen Blick in die Kassabücher wirft und diese kontrolliert, obwohl das nicht seine Aufgabe ist, weil ich mit einer extra Abteilung sowieso penibel abrechnen muss. Zudem will er gemeinsam mit seinem Sekretär die heilige Messe besuchen, aber nur inoffiziell, völlig inkognito. Zuletzt wollte er wissen, wo man im Ort gut zu Mittag speisen könne. Der Bischof möchte uns nämlich zu einem gemeinsam Essen einladen. Aber das hielt ich weder für nötig noch höflich – und so bot ich dem Sekretär an, doch bei uns zu speisen."

Paula sah Lukas ehrlich oder nur gespielt vorwurfsvoll an: „Du Schlitzohr hast den Bischof samt Sekretär zum Essen eingeladen, ohne mich vorher zu fragen?"

Lukas nickte. „Entschuldige, ich hätte dich natürlich vorher fragen sollen. Aber verstehe bitte, dass es mir lieber ist, wenn man uns vier nicht gemeinsam im Gasthaus zusammensitzen sieht. Zudem könnte man uns dort unschwer belauschen. Dein Interview zeigt, wohin ein vorschnelles oder unbedachtes Wort führen kann."

„Und ich dachte schon, du wolltest dem Bischof beweisen, welch gute Köchin ich bin", spielte Paula die Schmollende.

„Das natürlich auch", beeilte sich Lukas zu ergänzen.

„Na schön. Wie viele Gänge und was wünschen die Herren zu speisen?", wurde Paula geschäftlich.

„Ich wäre für eine Leberknödelsuppe und einen im Holzofen zubereiteten Schweinsbraten", schlug Lukas vor.

„Jetzt im Hochsommer soll ich den Ofen anheizen? Auf die Idee kann auch nur jemand kommen, der bisher nur Kleinigkeiten selbst zubereitet hat."

Lukas schluckte die Kritik an sich hinunter, ohne darauf einzugehen. Wahrscheinlich nahm ihm Paula doch krumm, dass er, ohne sie zu fragen, eine Einladung zu einem Mittagessen ausgesprochen hatte, die für sie nicht nur jede Menge Arbeit bedeutete, sondern angesichts ihrer Schwangerschaftsübelkeit eine Zumutung war. Dazu kam, dass Paulas Stimmung zunehmend ziemlich schwankte und sich Lukas erstmals fragte, ob das Zusammenleben von Mann und Frau wirklich immer so schön ist, wie es ihm in den ersten vier Wochen zu sein schien.

„Wir können natürlich auch vom Gasthaus etwas bringen lassen", versuchte er zu kalmieren. „Aber hier im Haus zu essen halte ich für angebracht."

„Es wird schon gehen", versuchte auch Paula ihrerseits zu kalmieren. „Knödel und Salat gehören natürlich auch dazu. Als Nachspeise schlage ich bei der Affenhitze einen Eisbecher vor."

„Sehr gut", gab sich Lukas zufrieden. „Und denke bitte daran, dass wir den Bischof auch durch meine – nein, unsere – Privaträume führen werden. Also räume bitte deine Reizwäsche und alles, was auf ein frevelhaftes Leben hinweisen könnte, weg."

Paula kicherte. Wieder so eine Stimmungsschwankung, vermutete Lukas, fragte aber dennoch nach: „Warum kicherst du?"

„Ich überlegte gerade, ob ich auch dein Feldbett wegräumen soll. Nur so, um den Bischof ein vermeintliches Eheleben mit allem, was dazugehört, vorzuspielen."

„Unterstehe dich", antwortete Lukas streng, und meinte das auch so. „Im Übrigen sollten wir einmal darüber diskutieren, was alles zu einem erfüllten Eheleben gehört. Denn das, was du gerade angedacht hast, gehört streng nach dem Buchstaben des Gesetzes nicht dazu!"

„Du meinst, dass ich mich all die Jahre Heinz hätte verweigern können? Dass Sex nicht unbedingt zur Ehe gehört?"

189

„Ja, das meine ich. Damit nehme ich nicht Bezug auf Eheleute, die bewusst eine platonische Ehe führen und führen wollen. Sollen sie. Nein, ich meine das, was wörtlich im Gesetz steht, das, was die Standesbeamten bewusst nicht sagen, das, was Gerichte zunehmend befinden – obgleich dies dem gelebten Volkswillen und einer Jahrtausende alten Tradition widerspricht. Kurz: Für den Gesetzgeber gibt es die sogenannten ehelichen Pflichten nicht, nicht mehr. Nirgends steht, dass die Ehe eine Geschlechtsgemeinschaft ist, dass ein Partner ein Recht auf Sex mit seinem Ehepartner und auf Kinder hat. Selbst für ein in der Ehe gezeugtes Kind darf allein die Frau entscheiden, ob sie das Kind austragen oder abtreiben will. Der Vater hat hier trotz gemeinsamer Obsorgerechte und -pflichten nichts zu vermelden. Die ‚Mein Bauch gehört mir‘-Bewegung hat sich erfolgreich durchgesetzt."

„Aber abzutreiben ist doch eine Sünde und verboten", warf Paula ein.

„Im Sinne unserer Religion, ja. Im Sinne unserer Gesetzgebung, nein. Genauer: Man verbietet zwar die Abtreibung, stellt sie aber innerhalb bestimmter Fristen straffrei. Das ist doch eine raffinierte Methode, sich aus dem grundsätzlichen Dilemma zu befreien, wann Leben beginnt, ab wann ein Fötus juristisch gesehen als Person mit Persönlichkeitsrechten gilt, die nicht mehr getötet werden darf."

Paula nickt.

„Dazu kommt, dass für den Gesetzgeber die Ehe neuerdings überhaupt nur mehr eine Wirtschafts-Zweck-Gemeinschaft ist, wo es um die (finanzielle) Obsorge (auch nach einer allfälligen Scheidung) bis hin zu steuerrechtlichen Aspekten geht. So müssen Ehepartner in Deutschland ihre Einkommen splitten, wenn dies steuerrechtlich für sie günstiger ist. Wie bei der Abtreibung ist auch das ein raffinierter juristischer Schachzug, um den nicht verdienenden Partnern – meist Frauen – in den sogenannten Alleinverdiener-Haushalten ein eigenes Einkommen zu verschaffen. Aber wer durchschaut das schon?"

„Um es kurz und prägnant zusammenzufassen", setze der Pfarrer fort. „Für den Gesetzgeber geht es bei der Ehe schon lange nicht mehr um Liebe, Sex und gemeinsame Kinder, also um das, was junge Menschen dazu bringt, zu heiraten. Die Institution ‚Ehe' muss dem Buchstaben des Gesetzes folgend weder dem Wunsch nach geregeltem Sex noch dem nach Kindern dienen. Vielmehr wurde die Begrifflichkeit von ‚Ehe' bewusst auf eine ‚Wirtschafts- und Beistandsgemeinschaft' eingeschränkt. Man kann, ja vielleicht muss man das im Zusammenhang mit der Einführung der Homo-Ehe sehen. Aber das betrifft uns zwei ja nicht."

Paula nickte.

„Der Gesetzgeber sieht neuerdings ehelichen Sex nur mehr als eine Art von virtuellem Gewohnheitsrecht an, das aber weder einklagbar noch sanktionierbar ist. Früher war das anders. Da konnte zum Beispiel in Frankreich der zu kurz gekommene Partner offiziell bei Gericht Klage erheben wegen sexueller Vernachlässigung. Ein staatlicher Kommissär überwachte dann, ob der oder die Beklagte vor seinen Augen willens und fähig war, die Ehe zu vollziehen. Von dieser eher gewaltsamen Rechtseinforderung unter staatlicher Aufsicht ist man heute zum Glück abgekommen, hat aber das Kind wohl mit dem Bad ausgeschüttet. Denn wehe, wenn der Partner sein vermeintliches Recht auf Sex mit auch nur sanfter Gewalt einfordert. Dann ist er fällig, straffällig. Dem Partner, der sich konsequent verweigert, dem passiert nichts."

„Mehr noch", setzte der Pfarrer nach einer kurzen Pause fort. „Sexuelle Verweigerung ist kein schuldhafter Scheidungsgrund mehr, jedenfalls nicht mehr seit das Verschuldensprinzip durch das Zerrüttungsprinzip ersetzt wurde. Hier wie auch bei vielen anderen Gesetzen und Verordnungen hat der juristisch unverbildete Normalbürger nicht begriffen, was hier gemacht wurde und welche Folgen das für die Gesellschaft zeitigt. Die Scheidungszahlen belegen jedenfalls eindrucksvoll, dass hier einiges nicht mehr stimmt. Obwohl bei jungen Menschen nach wie vor eine stabile Partnerschaft auf ihrer Wunschliste ganz oben steht, leben sie zunehmend – lieber? – als Lebensabschnittspartner statt als Eheleute zusammen."

Paula schüttelte den Kopf. „Das ist doch nicht Gottes Wille!"

Lukas zuckte nur die Schultern. „Wer weiß schon, was Gottes Wille ist."

Paula sah Lukas mit einem Mal ganz fest in die Augen. „Ich weiß es. Dass wir beide heiraten! Ich bin ja nun frei."

Lukas sah Paula ernst und traurig an. „Ich nicht! Weißt du, was das bedeutet, insbesondere für mich? Stehst du dazu in aller Öffentlichkeit?"

„Ja", war Paulas schlichte, aber feste Antwort.

## Kap_33 Bischofsvisite

Es kam der Sonntag. Es wurde 8 Uhr, dann 9 Uhr, dann 10 Uhr. Aber der Bischof erschien nicht.

Paula überlegte schon, ob sie den vorbereiteten Schweinsbraten ins Rohr schieben sollte. Immerhin braucht der gut eineinhalb Stunden zum Garwerden. Schließlich entschied sie, es zu tun. Denn sonst würde es um 12 Uhr auch für Lukas und sie nicht das geplante Mittagessen geben. Alles andere hatte sie schon vorbereitet, um auch am heutigen Tag im Kirchenchor mitsingen zu können.

Auch der Pfarrer lief unruhig auf und ab und ging immer wieder im Geist die Predigt durch, die er sich für heute vorgenommen hatte.

Um 10:45 beschlossen Paula und Lukas, nicht mehr länger auf das Eintreffen des Besuchs zu warten. Der Pfarrer begab sich zum Ankleiden und zur Vorbereitung der Messe in die Sakristei, Paula ging in den Pfarrsaal, um sich dort mit den anderen einzusingen. Immerhin sollte sie auch heute wieder den Zwischengesang bestreiten.

Als kurz vor 11 Uhr die Glocken die Gläubigen herbeiriefen, ging der Pfarrer wie üblich zum Kirchentor, um seine Schäflein persönlich zu begrüßen. Unter ihnen entdeckte er schließlich auch den Bischof mit seinem Sekretär, beide unauffällig in einem dunklen Alltagsanzug. Nur am Kollar konnte man erkennen, dass es sich um zwei Geistliche handelt. Der Bischof schüttelte dem Pfarrer nur wortlos die Hand und verschwand mit seinem Sekretär in der Kirche.

Als die Glocken verstummten, eilte der Pfarrer durch den Seiteneingang in die Sakristei und zog von dort im Geleit der schon wartenden Ministranten in die Kirche ein. Der Kirchenchor begleitete den Einzug mit einem Eröffnungslied.

Als das Lied verklungen war, begrüßte der Pfarrer, wie üblich, die Gemeinde mit einem ‚Der Herr sei mit euch‘ und betete danach mit der Gemeinde das Schuldbekenntnis. Das anschließende Kyrie wurde wieder vom Chor gesanglich unterstützt, ebenso das Gloria. Auf das Tagesgebet folgte die erste Lesung, dann der Zwischengesang, den Paula singen durfte. Die anschließende zweite Lesung wurde, wie schon die erste, von einem Mitglied des Kirchengemeinderates vorgetragen. Das darauffolgende Halleluja wurde wieder vom Kirchenchor gesungen und leitete zum Evangelium über, das der Pfarrer selbst verkündete.

Bisher war das alles für den Pfarrer, den Kirchenchor und die Gemeinde Routine gewesen. Das, was sich der Pfarrer für die Predigt vorgenommen hatte, war es nicht. Das wurde spätestens dann den Kirchenbesuchern klar, als der Pfarrer ganz unüblich und unzeitgeistig die alte Kanzel bestieg. Er tat das, um besser sehen zu können, welche Wirkung seine Worte auf den Bischof und dessen Sekretär und insbesondere auf Paula haben würde, die er alle drei vom Altarraum aus nicht gut sehen konnte.

„Liebe Brüder und Schwestern im Herrn", begrüßte der Pfarrer seine Gemeinde. „Eine Predigt soll die Heilige Schrift mit dem Leben der Mitfeiernden in Verbindung bringen, ihnen helfen, das Evangelium in ihrem Alltag umzusetzen und ihnen nötigenfalls Trost spenden. Anders als sonst will ich heute nicht auf das tagesaktuelle Evangelium Bezug nehmen, sondern auf ein Evangelium im Zusammenhang mit aktuellen Vorkommnissen in unserer Gemeinde."

Nach einer kurzen Pause fuhr er fort: „Unser Mitbruder Heinz ist unlängst unter noch nicht ganz geklärten Umständen verstorben. Auch wenn er der Kirche nicht nahe stand und gerüchteweise ein sündiger Mensch war, bitte ich euch, seiner hier und jetzt in einer Schweigeminute mit einem stillen Gebet zu gedenken und für ihn die Gnade Gottes anzurufen."

Der Pfarrer senkte den Kopf und betete, bevor er mit seiner Predigt fortfuhr.

„Auch wir werden dereinst der Gnade Gottes bedürfen. Denn er war nicht der einzige Sünder unter uns. Ich sage das nicht, weil ich das aus vielen Beichten weiß, sondern weil ich selbst ein Sünder war. Ich bekenne dies hier in aller Offenheit, quasi in Form einer öffentlichen Beichte, dass auch ich gesündigt habe, indem ich gegen das Gebot der Keuschheit verstoßen habe, dem ich als Priester in besonderer Weise unterliege. Das Plakat, das unser Bruder Heinz am Kirchentor anbrachte, hat kein falsches Zeugnis gegeben. Paula ist schwanger, und zwar von mir."

Bei diesen Worten blickte der Pfarrer zu Paula, die am Chor zur Salzsäule erstarrt war, als sich plötzlich hunderte Augenpaare der Gläubigen auf sie richteten.

Der Bischof wiederum nahm die Sache offenbar ohne große Überraschung zur Kenntnis.

„Ja, ich habe gegen Gebote der Kirche verstoßen, in dem ich über diese Gebote das allerwichtigste, das vornehmste Gebot unserer Religion stellte:

*,Liebe deinen Nächsten wie dich selbst.'*

196

Lasst mich als Beleg aus Markus 12.31 zitieren:

*‚Und es trat zu ihm der Schriftgelehrten einer, und fragte ihn: Welches ist das vornehmste Gebot vor allen? Jesus aber antwortete ihm: Das vornehmste Gebot vor allen Geboten ist das: ‚Höre Israel, der HERR, unser Gott, ist ein einiger Gott; und du sollst Gott, deinen HERRN, lieben von ganzem Herzen, von ganzer Seele, von ganzem Gemüte und von allen deinen Kräften.‘ Das ist das vornehmste Gebot. Und das andere ist ihm gleich: ‚Du sollst deinen Nächsten lieben wie dich selbst.‘ Es ist kein anderes Gebot größer denn diese.‘*

Schon mehrmals habe ich bei Trauungen das Hohe Lied der Liebe aus dem 1. Korintherbrief des Paulus von Tarsos vorgetragen:

*‚Die Liebe ist langmütig, die Liebe ist gütig. Sie ereifert sich nicht, sie prahlt nicht, sie bläht sich nicht auf. Sie handelt nicht ungehörig, sucht nicht ihren Vorteil, lässt sich nicht zum Zorn reizen, trägt das Böse nicht nach. Sie freut sich nicht über das Unrecht, sondern freut sich an der Wahrheit. Sie erträgt alles, glaubt alles, hofft alles, hält allem stand. Die Liebe hört niemals auf.‘*

Ich schätze diesen Text. Auch wenn er ein wenig schwülstig klingt, drückt er aus, worum es geht."

„Als Paula eines Tages vor der körperlichen wie auch sexuellen Gewalt ihres Mannes in den Pfarrhof flüchtete, handelte ich im obigen Sinn der gütigen Liebe und nahm sie auf, ohne jeden Hintergedanken von Ungehörigkeit oder gar zu meinem Vorteil. Mangels anderer Möglichkeiten ließ ich sie in meinem Bett schlafen, wohlgemerkt allein, während ich auf der Sitzbank im Wohnzimmer mich zur Ruhe legte. Irgendwann in der Nacht kam sie unter Tränen und bat mich, sich in ihrer Verletztheit und Verzweiflung wie ein Kind bei seiner Mutter in meine Arme kuscheln zu dürfen. Hätte ich das verweigern sollen? Oder gebot mir nicht die Nächstenliebe, ihr in dieser schweren Stunde liebevoll zur Seite zu stehen?"

Als Lukas hörte, wie einige seiner Schäfchen von seinen Worten gerührt waren und leise schluchzten, machte er eine kurze Pause, bevor er fortsetzte.

„Weder bei Paula noch bei mir bestanden in dieser Situation sexuelle Ambitionen. Zunächst. Aber der Teufel schläft bekanntlich nicht und führt uns immer wieder in Versuchung. Schließlich führte die körperliche Nähe und tröstende Zärtlichkeit doch dazu, dass Paula ihr Eheversprechen und ich mein Gelübde brachen. Ich bekenne diese meine Schuld, bekenne aber auch, dass ich seither nicht mehr gesündigt habe."

„Ihr werdet euch, meine Schäfchen, nun fragen, warum ich als Sünder dann hier und jetzt die Messe zelebrieren darf. Weil ich aufgrund meiner Beichte durch die Absolution von meiner schweren Sünde freigesprochen wurde. Ich habe bei einem Mitbruder meine Tat nach eingehender Gewissenserforschung bekannt, meine Tat bereut und den dabei gefassten guten Vorsatz bisher getreulich befolgt."

Nach einer weiteren Kunstpause setzte der Pfarrer fort: „Nur eine vollständige Wiedergutmachung kann nicht gelingen, weil meine Untat eine Frucht trug, die in etwas mehr als sieben Monaten das Licht der Welt erblicken wird."

Ein Raunen ging durch die Kirche.

„Es kann also sein, dass ich mein Priesteramt hier bei euch niederlegen werde, was ich aber noch mit meinem Bischof besprechen muss. Was immer geschehen muss, wird geschehen. Der Wille des Herrn ist unerforschlich. Ich bitte euch, an Paula und mich zu denken, wenn wir später gemeinsam die letzten vier Zeilen des ‚Vater unser‘ beten:"

*‚Und vergib uns unsere Schuld, wie auch wir vergeben unsern Schuldigern. Und führe uns nicht in Versuchung, sondern erlöse uns von dem Bösen. Amen.‘*

Nach diesen Worten stieg der Pfarrer wieder von der Kanzel und setzte den Gottesdienst wie gewohnt bis zum abschließenden Segen und dem wieder vom Kirchenchor musikalisch untermalten Auszug fort.

In der Sakristei ließ sich Lukas nach seiner Entkleidung erschöpft auf einen Sessel fallen. Das Geständnis hoch oben auf der Kanzel hatte ihn viel Kraft gekostet.

Gerade als er sich nach einigen Minuten der Erholung erheben wollte, kamen der Bischof und sein Sekretär herein.

„Grüß Gott, Bruder Lukas", begrüßte ihn der Bischof leutselig, so als ob er nicht gerade etwas Frevelhaftes über einen seiner Priester erfahren hätte, und reichte ihm freundlich die Hand. „Ich glaube, dass wir uns nach dieser aufregenden Predigt alle ein ordentliches Mittagessen verdient haben. Wo wollen wir essen?"

„Bei mir im Pfarrhof. Paula hat für uns vier aufgekocht. Ich hoffe, dass Sie Schweinsbraten mit Kraut und Knödel mögen."

„Wunderbar", entgegnete der Bischof. „Eine meiner Leibspeisen."

Bruder Lukas geleitete die beiden Herren in das Pfarrhaus, wo schon Paula auf sie wartete.

„Sie also sind die Dame, die unseren Bruder Lukas aus seinem seelischen Gleichgewicht gebracht hat", schmunzelte der Bischof. „Ich kann ihn verstehen. Bruder Lukas hat ersichtlich einen sehr guten Geschmack – nicht nur was das Essen, sondern auch was Frauen betrifft."

Paula war verwirrt, aus dem Mund eines Bischofs ein solches offensichtliches Kompliment zu hören, und errötete wie ein Schulmädchen.

„Aber, aber. Nur keine Panik, meine liebe Frau. Auch Bischöfe sind Männer. Auch wir dürfen weibliche Schönheit loben – in aller Ehre. Ich hoffe, ich darf dann Ihre Kochkünste ebenso loben. Bruder Lukas hat uns schon verraten, was Sie für uns aufgekocht haben. Danke, dass Sie eine meiner absoluten Leibspeisen ausgewählt haben."

Die nächste halbe Stunde verging damit, die Leberknödelsuppe, den Schweinsbraten mit Kraut und Knödel sowie den Bananensplit zu vertilgen, wobei sich die Unterhaltung darauf beschränkte, Paulas Kochkünste immer wieder zu loben. Man sah förmlich, wie Paula aufblühte.

Erst beim abschließenden Kaffee holte der Bischof aus seinem Sakko umständlich eine klein zusammengefaltete Zeitungsseite heraus und übergab sie dem Pfarrer mit den Worten:

„Hier ist der Anlass meiner Visitation. Kennen Sie den Artikel? Nein? Dann lesen Sie ihn, damit wir dann darüber reden können!"

Bruder Lukas entfaltete das Blatt und las:

### Selbstmord eines gehörnten Ehemanns?

*Großpflaumenkirchen: Paula Sch., Ehefrau von Heinz Sch., schläft nach eigenen Angaben seit sechs Wochen im Bett des Pfarrers und ist nun schwanger. Am selben Tag, an dem ihr Ehemann diesen Sachverhalt mit einem Plakat am Kirchentor publik machte, stirbt er unter mysteriösen, noch ungeklärten Umständen! Unfall, Selbstmord oder gar Mord?*

Darunter war ein Foto zu sehen, welches das Plakat in Großaufnahme zeigt. Aber nicht nur dieses, sondern im Hintergrund auch Paula – zwar klein, aber deutlich erkennbar.

Paula war entsetzt, welche Gangster-Story die Reporter in ihrer Sensationsgier aus ihrem Interview und aus mangelhaften Informationen zusammengebraut hatten.

Auch Lukas konnte nur den Kopf schütteln über diesen frechen Bericht, der eine Straftat unterstellt. „Typisch Journaille", knurrte er.

„Tja", meldete sich nun auch der Bischof zu Wort, „so ist die Welt, leider. Eigentlich wollte ich Sie dazu befragen. Aber nach Ihrer Predigt, wo Sie die Karten ganz offen und aus meiner Sicht ehrlich auf den Tisch gelegt haben, können wir uns das wohl ersparen."

„Offen bleibt aber", fuhr er nach einer kurzen Pause fort, „wie es weitergehen soll. Dass Paula hier weiter im Pfarrhaus wohnt und Sie mit dieser quasi in wilder Ehe zusammenleben, das kann ich beim besten Wohlwollen Ihnen beiden gegenüber nicht gutheißen. Wie haben Sie beide sich die Zukunft vorgestellt?"

„Nun, es bestünde die Möglichkeit, dass ich mein Zölibat als Enthaltsamkeitszölibat lebe", schlug der Pfarrer vor. „Dann könnte Paula hier weiterhin, quasi als meine ständige Haushälterin, leben, und ich könnte meiner Verpflichtung als Vater muster-gültig nachkommen."

„Bruder Lukas, Sie wissen so gut wie ich, dass der Enthaltsamkeitszölibat nur für Priester zugelassen wurde, die schon verheiratet sind, etwa um ihnen den Übertritt von den Evangelischen oder von den Ostkirchen in unsere katholische Kirche zu ermög-lichen. Alle diese Voraussetzungen treffen auf Sie nicht zu."

„Dann bliebe da noch die päpstliche Dispens."

„Bruder Lukas. Ich habe Sie bisher als einen klar und nüchtern denkenden Menschen eingeschätzt. Sie wissen selber, dass Sie diese nicht erhalten wer-den, selbst wenn ich diese befürworte." Und mit ei-nem fast koketten Seitenblick zu Paula hin ergänzte er: „Wozu ich angesichts einer so charmanten Braut und des erwarteten Nachwuchses bereit wäre."

„Dann", setzte der Pfarrer mit einem bitteren Un-terton fort, „bleibt wohl nur die Laisierung, womit ich mich von meiner geliebten Tätigkeit als Priester und Pfarrer verabschieden müsste."

„Nun, Sie könnten, wie viele Ihrer Kollegen auch, an Paula nur Alimente zahlen und diese hin und wieder – natürlich ganz sittlich – besuchen. Müssen Sie denn unbedingt heiraten?"

„Jetzt muss ich Sie rügen, Exzellenz. Ist es nicht der Wille Gottes und der Kirche, dass Mann und Frau als Eheleute zusammenleben?"

„Doch, schon", gab der Bischof nach einer kurzen Nachdenkpause zu.

„Und ist es nicht so, dass der Zölibat ein Gebot ist, das nicht unmittelbar auf Jesus zurückgeht?"

„Ja, schon", gab der Bischof nach einer kurzen Pause neuerlich zu.

„Und ist es nicht so, dass in unseren christlichen Bruderreligionen der Zölibat nur in sehr eingeschränkter Form, etwa für Bischöfe wie sie, gefordert wird?"

„Ja, schon", musste der Bischof dem Pfarrer wieder Recht geben.

„Und das, obwohl wir den gleichen Gott anbeten und uns auf die gleiche Heilige Schrift berufen?"

„Nicht ganz", widersprach diesmal der Bischof. „Wir berufen uns nur im Prinzip auf die gleiche Schrift, aber keineswegs auf wortidente Übersetzungen und gleichartige Interpretationen. Als katholischer Priester sollten Sie wissen, wie vieler Konzile es zur Kanonisierung der Heiligen Schrift bedurfte!"

Paula hatte die ganze Zeit geduldig zugehört, aber jetzt die Geduld verloren: „Bevor sich die Herren hier über diffizile Religionsfragen in die Haare kriegen, will ich mich kurz einmischen und Ihnen, Herr Bischof, eine ganz einfache Frage stellen: Kann Lukas mich heiraten und dabei weiterhin Priester bleiben?"

Der Bischof dachte lange nach, bevor er antwortete. „Darum ging es doch die ganze Zeit, liebe Paula. Meine Antwort ist, auch wenn ich das persönlich sehr bedaure, nein."

Paula schickte daraufhin einen gleichzeitig traurigen wie flehenden Blick zu Lukas, der diesen mit einem ebensolchen Blick erwiderte, um dann im Versuch, Paula Mut zu machen, zu sagen:

„Wir werden eine Lösung finden."

„Das hoffe ich auch, für euch und insbesondere auch für unsere Kirche und unsere Schäflein hier", mischte sich der Bischof ein. „Vorläufig spreche ich noch keine Suspendierung von Ihrem Priesteramt aus. Lasst mich aber möglichst bald wissen, wie Ihr beiden euch entschieden habt."

Mit diesen Worten gab er seinem bisher immer nur wortlos zuhörenden Sekretär einen Wink und sie verließen nach einer kurzen, höflichen Verbeugung den Pfarrhof.

Paula und Lukas fielen einander stumm in die Arme. Sie wussten zwar nicht, wie es mit ihnen weitergehen würde, aber sie wussten und fühlten, dass sie einander liebten, von Herzen liebten.

# Inhaltsverzeichnis

# Werke des Autors:

## Genre Social-Fiction- und #MeToo-Romane:

Der Proklamator Band 1 (2017, 200 S.), 9,90 €

Der Proklamator Band 2 (2017, 230 S.), 9,90 €

Der Proklamator Band 3 (2017, 198 S.), 9,90 €

Die Empfängnisdame (2018, 200 S.), 9,90 €

Der Belästiger (2018, 202 S.), 11,00 €

*(Pf)Affenliebe (2018, 204 S.), 11,00 €*

Shivas (Ab)Wege (2019, 220 S.), 11,00 €

Der Raub der Schla(u)Wienerinnen, (2019, 208 S.), 11,00 €

## Theaterstücke:

(M)ein Valentinstag (2019) (sucht Aufführungswillige)

## Daneben schreibt/schrieb der Autor Kinder- und Jugendbücher sowie Fachliteratur.

Neudrucke einiger der obigen Werke sind bereits bei tredition und amazon sowie über den Buchhandel erhältlich. Weitere folgen. Unabhängig davon kann jedes Buch zum angegebenen Preis direkt bei mir im Fernhandel erworben werden. Näheres (Probeseiten, Informationen zur Ausstattung, zum Autor, zu Neuerungen, zum Bestellablauf und Versand) finden Sie auf meiner Homepage

www.buecher-rvm.at

Oder kontaktieren sie mich direkt per E-Mail via

buecher.r.v.m@gmail.com

Zeitfracht Medien GmbH
Ferdinand-Jühlke-Straße 7
99095 Erfurt, Deutschland
produktsicherheit@kolibri360.de